新 潮 文 庫

蒲団・重右衛門の最後

田山花袋著

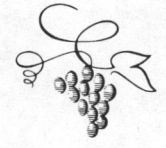

新 潮 社 版

310

目次

蒲団・重右衛門の最後

蒲団

一

小石川の切支丹坂《きりしたんざか》*から極楽水《ごくらくすい》に出る道のだらだら坂を下りようとして渠《かれ》は考えた。「これで自分と彼女との関係は一段落を告げた。三十六にもなって、*子供も三人あって、あんなことを考えたかと思うと、馬鹿々々しくなる。けれど……けれど……本当にこれが事実だろうか。あれだけの愛情を自身に注いだのは単に愛情としてのみで、恋ではなかったろうか」

数多い感情ずくめの手紙——二人の関係はどうしても尋常ではなかった。妻があり、子があり、世間があり、師弟の関係があればこそ敢《あえ》て烈《はげ》しい恋に落ちなかったが、語り合う胸の轟《とどろき》、相見る眼の光、その底には確かに凄《すさま》じい暴風《あらし》が潜んでいたのである。機会に遭遇《でつくわ》しさえすれば、その底の底の暴風は忽《たちま》ち勢を得て、妻子も世間も道徳も師弟の関係も一挙にして破れて了《しま》うであろうと思われた。少くとも男はそう信じていた。それであるのに、二三日来のこの出来事、これから考えると、女は確かにその感情を偽り売ったのだ。自分を欺《あざむ》いたのだと男は幾度も思った。けれど文学者だけに、この男は自ら自分の心理を客観するだけの余裕を有《も》っていた。年若い女の心理は容易に判断し得られるものではない、かの温《あたたか》い嬉《うれ》しい愛情は、単に女性特有の自然の発展で、美しく見えた眼の表情も、やさしく感じられた態度も都《すべ》て無意識で、無意味で、自然の花が見る人に一種の慰藉《なぐさみ》を与えたようなものかも知れない。一歩を譲って女は自分を愛して恋していたとしても、自分は師、かの女は門弟、自分は妻あり子ある身、かの女は妙齢の美しい花、そこに互に意識の加わるのを如何《いかん》ともすることは出来まい。いや、更に一歩を進めて、あの熱烈なる一封の手紙、陰に陽にその胸の悶《もだえ》を訴えて、丁度自然の力がこの身を圧迫するかのように、最後の情を伝えて来た時、その謎《なぞ》をこの身が解いて遣《や》らなかった。女性のつつましやかな性《さが》として、その上に猶露《なおあら》わに迫って来ることがどうして出来よう。そういう心理からかの女は失望して、今回のような事を起したのかも知れぬ。

「とにかく時機は過ぎ去った。かの女は既に他人《ひと》の所有《もの》だ！」

歩きながら渠《かれ》はこう絶叫して頭髪をむしった。

縞《しま》セルの背広に、麦稈帽《むぎわらぼう》、藤蔓《ふじづる》の杖《ステツキ》をついて、やや前のめりにだらだらと坂を下りて行く。時は九月の中旬、残暑はまだ堪《た》え難く暑いが、空には既に清涼の秋気が充《み》ち渡って、深い碧《みどり》の色が際立《きわだ》って人の感情を動かした。肴屋《さかなや》、酒屋、雑貨店、その向うに寺の門やら裏店《うらだな》の長屋やらが連《つらな》って、久堅町《ひさかたまち》の低い地には数多《あまた》の工場の煙《えん》筒《とつ》が黒い煙を張《みなぎ》らしていた。

その数多い工場の一つ、西洋風の二階の一室、それが渠の毎日正午《ひる》から通う処《ところ》で、十畳敷ほどの広さの室《へや》の中央《まんなか》には、大きい一脚の卓《テーブル》が据えてあって、傍に高い西洋風の本箱、この中には総《すべ》て種々の地理書が一杯入れられてある。渠《かれ》はある書籍会社の嘱託を受けて地理書の編輯《へんしゆう》*の手伝に従っているのである。文学者に地理書の編輯！　渠は自分が地理の趣味を有っているからと称して進んでこれに従事しているが、内心これに甘《あまん》じておらぬことは言うまでもない。後《おく》れ勝なる文学上の閲歴、断篇のみを作って未《いま》だに全力の試みをする機会に遭遇せぬ煩悶《はんもん》、青年雑誌から月毎に受ける罵評《ばひよう》の苦痛、渠自らはその他日成すあるべきを意識してはいるものの、中心これを苦に病まぬ訳には行かなかった。社会は日増《ひまし》に進歩する。電車は東京市の交通を一変させた。女学生は勢力になって、*もう自分が恋をした頃のような旧式の娘は見たくも見られなくなった。青年はまた青年で、恋を説くにも、文学を談ずるにも、政治を語るにも、その態度が総て一変して、自分等とは永久に相触れることが出来ないように感じられた。

で、毎日機械のように同じ道を通って、同じ大きい門を入って、輪転機関の屋《いえ》を撼《うごか》す音と職工の臭い汗との交った細い間を通って、事務室の人々に軽く挨拶《あいさつ》して、こつこつと長い狭い階梯《はしご》を登って、さてその室《へや》に入るのだが、東と南に明いたこの室は、午後の烈しい日影を受けて、実に堪え難く暑い。それに小僧が無精で掃除《そうじ》をせぬので、卓の上には白い埃《ほこり》がざらざらと心地悪い。渠は椅子《いす》に腰を掛けて、煙草《たばこ》を一服吸って、立上って、厚い統計書と地図と案内記と地理書とを本箱から出して、さて静かに昨日の続きの筆を執り始めた。けれど二三日来、頭脳《あたま》がむしゃくしゃしているので、筆が容易に進まない。一行書いては筆を留めてその事を思う。また一行書く、また留める、又書いてはまた留めるという風。そしてその間に頭脳に浮んで来る考は総て断片的で、猛烈で、急激で、絶望的の分子が多い。ふとどういう聯《れん》想《そう》か、ハウプトマンの「寂《さび》しき人々」*を思い出した。こうならぬ前に、この戯曲をかの女の日課として教えて遣ろうかと思ったことがあった。ヨハンネス・フォケラートの心事と悲哀とを教えて遣りたかった。この戯曲を渠が読んだのは今から三年以前、まだかの女のこの世にあることをも夢にも知らなかった頃であったが、その頃から渠は淋《さび》しい人であった。敢てヨハンネスにその身を比そうとは為《し》なかったが、アンナのような女がもしあったなら、そういう悲劇《トラジディ》に陥るのは当然だとしみじみ同情した。今はそのヨハンネスにさえなれぬ身だと思って長嘆した。

　さすがに「寂しき人々」をかの女に教えなかったが、ツルゲネーフの「ファースト*」という短篇を教えたことがあった。洋燈《ランプ》の光明《あきら》かなる四畳半の書斎、かの女の若々しい心は色彩ある恋物語に憧《あこが》れ渡って、表情ある眼は更に深い深い意味を以《もっ》て輝きわたった。ハイカラな庇髪《ひさしがみ》、櫛《くし》、リボン、洋燈の光線がその半身を照して、一巻の書籍に顔を近く寄せると、言うに言われぬ香水のかおり、肉のかおり、女のかおり――書中の主人公が昔の恋人に「ファースト」を読んで聞かせる段を講釈する時には男の声も烈しく戦《ふる》えた。

「けれど、もう駄目だ！」

　と、渠は再び頭髪《かみ》をむしった。

二

渠《かれ》は名を竹中時雄と謂《い》った。

今より三年前、三人目の子が細君の腹に出来て、新婚の快楽などはとうに覚《さ》め尽した頃であった。世の中の忙しい事業も意味がなく、一生作《ライフワーク》に力を尽す勇気もなく、日常の生活——朝起きて、出勤して、午後四時に帰って来て、同じように細君の顔を見て、飯を食って眠るという単調なる生活につくづく倦《あ》き果てて了《しま》った。家を引越歩いても面白くない、友人と語り合っても面白くない、外国小説を読み渉猟《あさ》っても満足が出来ぬ。いや、庭樹《にわき》の繁《しげ》り、雨の点滴《てんてき》、花の開落などいう自然の状態さえ、平凡なる生活をして更に平凡ならしめるような気がして、身を置くに処は無いほど淋しかった。道を歩いて常に見る若い美しい女、出来るならば新しい恋を為たいと痛切に思った。

三十四五、実際この頃には誰にでもある煩悶《はんもん》で、この年頃に賤《いや》しい女に戯《たわむ》るるものの多いのも、畢竟《ひっきょう》その淋しさを医《いや》す為めである。世間に妻を離縁するものもこの年頃に多い。

出勤する途上に、毎朝邂逅《であ》う美しい女教師があった。渠はその頃この女に逢《あ》うのをその日その日の唯一《ゆいいつ》の楽みとして、その女に就いていろいろな空想を逞《たくまし》ゅうした。恋が成立って、神楽坂《かぐらざか》あたりの小待合に連れて行って、人目を忍んで楽しんだらどう……。細君に知れずに、二人近郊を散歩したらどう……。いや、それどころではない、その時、細君が懐妊しておったから、不図難産して死ぬ、その後にその女を入れるとしてどうであろう。……平気で後妻に入れることが出来るだろうかどうかなどと考えて歩いた。

神戸の女学院*の生徒で、生れは備中《びっちゅう》*の新見町《にいみまち》で、渠の著作の崇拝者で、名を横山芳子という女から崇拝の情を以て充された一通の手紙を受取ったのはその頃であった。竹中古城と謂えば、美文的小説を書いて、多少世間に聞えておったので、地方から来る崇拝者渇仰者《かつごうしゃ》の手紙はこれまでにも随分多かった。やれ文章を直してくれの、弟子《でし》にしてくれのと一々取合ってはいられなかった。だからその女の手紙を受取っても、別に返事を出そうとまでその好奇心は募らなかった。けれど同じ人の熱心なる手紙を三通まで貰《もら》っては、さすがの時雄も注意をせずにはいられなかった。

年は十九だそうだが、手紙の文句から推《お》して、その表情の巧みなのは驚くべきほどで、いかなることがあっても先生の門下生になって、一生文学に従事したいとの切なる願望《のぞみ》。文字は走り書のすらすらした字で、余程ハイカラ*の女らしい。返事を書いたのは、例の工場の二階の室で、その日は毎日の課業の地理を二枚書いて止《よ》して、長い数尺に余る手紙を芳子に送った。その手紙には女の身として文学に携わることの不心得、女は生理的に母たるの義務を尽さなければならぬ理由、処女にして文学者たるの危険などを縷々《るる》として説いて、幾らか罵倒《ばとう》的の文辞をも陳《なら》べて、これならもう愛想《あいそ》をつかして断念《あきら》めて了《しま》うであろうと時雄は思って微笑した。そして本箱の中から岡山県の地図を捜して、阿哲郡《あてつぐん》新見町の所在を研究した。山陽線から高梁川《たかはしがわ》の谷を遡《さかのぼ》って奥十数里、こんな山の中にもこんなハイカラの女があるかと思うと、それでも何となくなつかしく、時雄はその附近の地形やら山やら川やらを仔細《しさい》に見た。

で、これで返辞をよこすまいと思ったら、それどころか、四日目には更に厚い封書が届いて、紫インキ*で、青い罫《けい》の入った西洋紙に横に細字で三枚、どうか将来見捨てずに弟子にしてくれという意味が返す返すも書いてあって、父母に願って許可を得たならば、東京に出て、然《しか》るべき学校に入って、完全に忠実に文学を学んでみたいとのことであった。時雄は女の志に感ぜずにはいられなかった。東京でさえ——女学校を卒業したものでさえ、文学の価値《ねうち》などは解らぬものなのに、何もかもよく知っているらしい手紙の文句、早速《さっそく》返事を出して師弟の関係を結んだ。

それから度々《たびたび》の手紙と文章、文章はまだ幼稚な点はあるが、癖の無い、すらすらした、将来発達の見込は十分にあると時雄は思った。で一度は一度より段々互の気質が知れて、時雄はその手紙の来るのを待つようになった。ある時などは写真を送れと言って遣《や》ろうと思って、手紙の隅《すみ》に小さく書いて、そしてまたこれを黒々と塗って了った。女性には容色《きりよう》と謂《い》うものが是非必要である。容色のわるい女はいくら才があっても男が相手に為ない。時雄も内々胸の中で、どうせ文学を遣ろうというような女だから、不容色《ぶきりよう》に相違ないと思った。けれどなるべくは見られる位の女であって欲しいと思った。

芳子が父母に許可《ゆるし》を得て、父に伴《つ》れられて、時雄の門を訪《おとの》うたのは翌年の二月で、丁度時雄の三番目の男の児の生れた七夜の日であった。座敷の隣の室は細君の産褥《さんじょく》で、細君は手伝に来ている姉から若い女門下生の美しい容色であることを聞いて少なからず懊悩《おうのう》した。姉もああいう若い美しい女を弟子にしてどうする気だろうと心配した。時雄は芳子と父とを並べて、縷々《るる》として文学者の境遇と目的とを語り、女の結婚問題に就いて予《あらかじ》め父親の説を叩《たた》いた。芳子の家は新見町でも第三とは下らぬ豪家で、父も母も厳格なる基督教信者《クリスチャン》、母は殊《こと》にすぐれた信者で、曽《かつ》ては同志社女学校に学んだこともあるという。総領の兄は英国へ洋行して、帰朝後は某官立学校の教授となっている。芳子は町の小学校を卒業するとすぐ、神戸に出て神戸の女学院に入り、其処《そこ》でハイカラな女学校生活を送った。基督《キリスト》教の女学校は他の女学校に比して、文学に対して総《すべ》て自由だ。その頃こそ「魔風恋風*」や「金色夜叉《こんじきやしや》」などを読んではならんとの規定も出ていたが、文部省で干渉しない以前は、教場でさえなくば何を読んでも差支《さしつかえ》なかった。学校に附属した教会、其処で祈禱《きとう》の尊いこと、クリスマスの晩の面白いこと、理想を養うということの味をも知って、人間の卑《いや》しいことを隠して美しいことを標榜《ひようぼう》するという群《むれ》の仲間となった。母の膝下《ひざもと》が恋しいとか、故郷《ふるさと》が懐《なつか》しいとか言うことは、来た当座こそ切実に辛《つら》く感じもしたが、やがては全く忘れて、女学生の寄宿生活をこの上なく面白く思うようになった。旨味《おいし》い南瓜《かぼちや》を食べさせないと云っては、お鉢《はち》の飯に醬油《しようゆ》を懸《か》けて賄方《まかないかた》を酷《いじ》めたり、舎監のひねくれた老婦の顔色を見て、陰陽《かげひなた》に物を言ったりする女学生の群の中に入っていては、家庭に養われた少女のように、単純に物を見ることがどうして出来よう。美しいこと、理想を養うこと、虚栄心の高いこと——こういう傾向をいつとなしに受けて、芳子は明治の女学生の長所と短所とを遺憾なく備えていた。

尠《すくな》くとも時雄の孤独なる生活はこれによって破られた。昔の恋人——今の細君。曽《かつ》ては恋人には相違なかったが、今は時勢が移り変った。四五年来の女子教育の勃《ぼっ》興《こう》、女子大学の設立、庇髪《ひさしがみ》、海老茶袴《えびちゃばかま》*、男と並んで歩くのをはにかむようなものは一人も無くなった。この世の中に、旧式の丸髷《まるまげ》、泥鴨《あひる》のような歩き振、温順と貞節とより他《ほか》に何物をも有せぬ細君に甘んじていることは時雄には何よりも情けなかった。路《みち》を行けば、美しい今様《いまよう》の細君を連れての睦《むつま》じい散歩、友を訪えば夫の席に出て流暢《りゅうちょう》に会話を賑《にぎや》かす若い細君、ましてその身が骨を折って書いた小説を読もうでもなく、夫の苦悶《くもん》煩悶には全く風馬牛*で、子供さえ満足に育てれば好いという自分の細君に対すると、どうしても孤独を叫ばざるを得なかった。「寂しき人々」のヨハンネスと共に、家妻というものの無意味を感ぜずにはいられなかった。これが——この孤独が芳子に由《よ》って破られた。ハイカラな新式な美しい女門下生が、先生！　先生！　と世にも豪《えら》い人のように渇仰して来るのに胸を動かさずに誰がおられようか。

最初の一月ほどは時雄の家に仮寓《かぐう》していた。華《はな》やかな声、艶《あで》やかな姿、今までの孤独な淋しいかれの生活に、何等の対照！　産褥から出たばかりの細君を助けて、靴下を編む、襟巻《えりまき》を編む、着物を縫う、子供を遊ばせるという生々した態度、時雄は新婚当座に再び帰ったような気がして、家門近く来るとそそるように胸が動いた。門をあけると、玄関にはその美しい笑顔、色彩に富んだ姿、夜も今までは子供と共に細君がいぎたなく眠って了って、六畳の室に徒《いたずら》に明らかな洋燈《ランプ》も、却《かえ》って侘《わび》しさを増すの種であったが、今は如何《いか》に夜更《よふ》けて帰って来ても、洋燈の下には白い手が巧に編物の針を動かして、膝《ひざ》の上に色ある毛糸の丸い玉！　賑かな笑声が牛込の奥の小柴垣《こしばがき》の中に充ちた。

けれど一月ならずして時雄はこの愛すべき女弟子をその家に置く事の不可能なのを覚った。従順なる家妻は敢《あえ》てその事に不服をも唱えず、それらしい様子も見せなかったが、しかもその気色《きしよく》は次第に悪くなった。限りなき笑声の中に限りなき不安の情が充ち渡った。妻の里方の親戚《しんせき》間などには現に一問題として講究されつつあることを知った。

時雄は種々《いろいろ》に煩悶した後、細君の姉の家——軍人の未亡人で恩給と裁縫とで暮している姉の家に寄寓させて、其処《そこ》から麴町《こうじまち》の某女塾《じょじゅく》に通学させることにした。

三

それから今回の事件まで一年半の年月が経過した。

その間二度芳子は故郷を省《せい》した。＊短篇小説を五種、長篇小説を一種、その他美文、新体詩を数十篇作った。某女塾では英語は優等の出来で、時雄の選択で、ツルゲネーフの全集を丸善＊から買った。初めは、暑中休暇に帰省、二度目は、神経衰弱で、時々癪《しゃく》のような痙攣《けいれん》を起すので、暫《しば》し故山の静かな処に帰って休養する方が好いという医師の勧めに従ったのである。

その寓していた家は麴町の土手三番町、甲武《こうぶ》の電車＊の通る土手際《どてぎわ》で、芳子の書斎はその家での客座敷、八畳の一間、前に往来の頻繁《ひんぱん》な道路があって、がやがやと往来の人やら子供やらで喧《やかま》しい。時雄の書斎にある西洋本箱を小さくしたような本箱が一閑張《いっかんばり》の机*の傍にあって、その上には鏡と、紅皿《べにざら》と、白粉《おしろい》の罎《びん》と、今一つシュウソカリの入った大きな罎がある。これは神経過敏で、頭脳《あたま》が痛くって為方《しかた》が無い時に飲むのだという。本箱には紅葉《こうよう》全集、近松世話浄瑠璃《せわじょうるり》、英語の教科書、ことに新しく買ったツルゲネーフ全集が際立って目に附く。で、未来の閨秀《けいしゅう》作家は学校から帰って来ると、机に向って文を書くというよりは、寧《むし》ろ多く手紙を書くので、男の友達も随分多い。男文字の手紙も随分来る。中にも高等師範*の学生に一人、早稲田《わせだ》大学の学生に一人、それが時々遊びに来たことがあったそうだ。

　麹町土手三番町の一角には、女学生もそうハイカラなのが沢山居ない。それに、市ヶ谷見附の彼方《あちら》には時雄の妻君の里の家があるのだが、この附近は殊に昔風の商家の娘が多い。で、尠《すくな》くとも芳子の神戸仕込のハイカラはあたりの人の目を聳《そばだ》たしめた。時雄は姉の言葉として、妻から常に次のようなことを聞される。

「芳子さんにも困ったものですねと姉が今日も言っていましたよ、男の友達が来るのは好いけれど、夜など一緒に二七（不動）に出かけて、遅くまで帰って来ないことがあるんですって。それゃ芳子さんはそんなことは無いのに決っているけれど、世間の口が喧《やかま》しくって為方《しかた》が無いと云っていました」

これを聞くと時雄は定《きま》って芳子の肩を持つので、「お前達のような旧式の人間には芳子の遣《や》ることなどは判《わか》りやせんよ。男女が二人で歩いたり話したりさえすれば、すぐあやしいとか変だとか思うのだが、一体、そんなことを思ったり、言ったりするのが旧式だ、今では女も自覚しているから、為ようと思うことは勝手にするさ」

この議論を時雄はまた得意になって芳子にも説法した。「女子ももう自覚せんければいかん。昔の女のように依頼心を持っていては駄目だ。ズウデルマンのマグダ*の言った通り、父の手からすぐに夫の手に移るような意気地なしでは為方が無い。日本の新しい婦人としては、自ら考えて自ら行うようにしなければいかん」こう言っては、イブセンのノラの話や、ツルゲネーフのエレネ*の話や、露西亜《ロシア》、独逸《ドイツ》あたりの婦人の意志と感情と共に富んでいることを話し、さて、「けれど自覚と云うのは、自省ということをも含んでおるですからな、無闇《むやみ》に意志や自我を振廻しては困るですよ。自分の遣ったことには自分が全責任を帯びる覚悟がなくては」

芳子にはこの時雄の教訓が何より意味があるように聞えて、渇仰の念が愈々《いよいよ》加わった。基督教《キリスト》の教訓より自由でそして権威があるように考えられた。

芳子は女学生としては身装《みなり》が派手過ぎた。黄金《きん》の指環をはめて、流行を趁《お》った美しい帯をしめて、すっきりとした立姿は、路傍の人目を惹《ひ》くに十分であった。美しい顔と云うよりは表情のある顔、非常に美しい時もあれば何だか醜い時もあった。眼に光りがあってそれが非常によく働いた。四五年前までの女は感情を顕《あら》わすのに極《きわ》めて単純で、怒った容《かたち》とか笑った容とか、三種、四種位しかその感情を表わすことが出来なかったが、今では情を巧に顔に表わす女が多くなった。芳子もその一人であると時雄は常に思った。

芳子と時雄との関係は単に師弟の間柄としては余りに親密であった。この二人の様子を観察したある第三者の女の一人が妻に向って、「芳子さんが来てから時雄さんの様子はまるで変りましたよ。二人で話しているところを見ると、魂は二人ともあくがれ渡っているようで、それは本当に油断がなりませんよ」と言った。他《はた》から見れば、無論そう見えたに相違なかった。けれど二人は果してそう親密であったか、どうか。

若い女のうかれ勝な心、うかれるかと思えばすぐ沈む。些細《ささい》なことにも胸を動かし、つまらぬことにも心を痛める。恋でもない、恋でなくも無いというようなやさしい態度、時雄は絶えず思い惑った。道義の力、習俗の力、機会一度至ればこれを破るのは帛《きぬ》を裂くよりも容易だ。唯《ただ》、容易に来《きた》らぬはこれを破るに至る機会である。

この機会がこの一年の間に尠《すくな》くとも二度近寄ったと時雄は自分だけで思った。一度は芳子が厚い封書を寄せて、自分の不束《ふつつか》なこと、先生の高恩に報ゆることが出来ぬから自分は故郷に帰って農夫の妻になって田舎《いなか》に埋れて了《しま》おうということを涙交りに書いた時、一度は或る夜芳子が一人で留守番をしているところへゆくりなく時雄が行って訪問した時、この二度だ。初めの時は時雄はその手紙の意味を明かに了解した。その返事をいかに書くべきかに就いて一夜眠らずに懊悩《おうのう》した。穏かに眠れる妻の顔、それを幾度か窺《うかが》って自己の良心のいかに麻痺《まひ》せるかを自ら責めた。そしてあくる朝贈った手紙は、厳乎《げんこ》たる師としての態度であった。二度目はそれから二月ほど経《た》った春の夜、ゆくりなく時雄が訪問すると、芳子は白粉《おしろい》をつけて、美しい顔をして、火鉢《ひばち》の前にぽつねんとしていた。

「どうしたの」と訊《き》くと、

「お留守番ですの」

「姉は何処《どこ》へ行った？」

「四谷へ買物に」

と言って、じっと時雄の顔を見る。いかにも艶《なまめ》かしい。時雄はこの力ある一瞥《いちべつ》に意気地なく胸を躍《おど》らした。二語《ふたこと》三語《みこと》、普通のことを語り合ったが、その平凡なる物語が更に平凡でないことを互に思い知ったらしかった。この時、今十五分も一緒に話し合ったならば、どうなったであろうか。女の表情の眼は輝き、言葉は艶《なま》めき、態度がいかにも尋常《よのつね》でなかった。

「今夜は大変綺麗《きれい》にしてますね？」

男は態《わざ》と軽く出た。

「え、先程、湯に入りましたのよ」

「大変に白粉が白いから」

「あらまア先生！」と言って、笑って体を斜《はす》に嬌態《きようたい》を呈した。

時雄はすぐ帰った。まア好いでしょうと芳子はたって留めたが、どうしても帰ると言うので、名残惜《なごり》しげに月の夜を其処《そこ》まで送って来た。その白い顔には確かにある深い神秘が籠《こ》められてあった。

四月に入ってから、芳子は多病で蒼白《あおじろ》い顔をして神経過敏に陥っていた。シュウソカリを余程多量に服してもどうも眠られぬとて困っていた。絶えざる欲望と生殖の力とは年頃の女を誘うのに躊躇《ちゅうちょ》しない。芳子は多く薬に親しんでいた。四月末に帰国、九月に上京、そして今回《こんど》の事件が起った。

今回の事件とは他《ほか》でも無い。芳子は恋人を得た。そして上京の途次、恋人と相携えて京都嵯峨《さが》に遊んだ。その遊んだ二日の日数が出発と着京との時日に符合せぬので、東京と備中との間に手紙の往復があって、詰問《きつもん》した結果は恋愛、神聖なる恋愛、二人は決して罪を犯してはおらぬが、将来は如何《いか》にしてもこの恋を遂げたいとの切なる願望《ねがい》。時雄は芳子の師として、この恋の証人として一面月下氷人《げっかひょうじん》の役目を余儀なくさせられたのであった。

芳子の恋人は同志社の学生、神戸教会の秀才、田中秀夫、年二十一。

芳子は師の前にその恋の神聖なるを神懸けて誓った。故郷の親達は、学生の身で、ひそかに男と嵯峨に遊んだのは、既にその精神の堕落であると云ったが、決してそんな汚《けが》れた行為はない。互に恋を自覚したのは、寧《むし》ろ京都で別れてからで、東京に帰って来てみると、男から熱烈なる手紙が来ていた。それで始めて将来の約束をしたような次第で、決して罪を犯したようなことは無いと女は涙を流して言った。時雄は胸に至大の犠牲を感じながらも、その二人の所謂《いわゆる》神聖なる恋の為めに力を尽すべく余儀なくされた。

時雄は悶《もだ》えざるを得なかった。わが愛するものを奪われたということは甚《はなは》だしくその心を暗くした。元より進んでその女弟子を自分の恋人にする考は無い。そういう明らかな定った考があれば前に既に二度までも近寄って来た機会を攫《つか》むに於《おい》て敢《あえ》て躊躇《ちゅうちょ》するところは無い筈《はず》だ。けれどその愛する女弟子、淋《さび》しい生活に美しい色彩を添え、限りなき力を添えてくれた芳子を、突然人の奪い去るに任すに忍びようか。機会を二度まで攫むことは躊躇したが、三度来る機会、四度来る機会を待って、新《あらた》なる運命と新なる生活を作りたいとはかれの心の底の底の微《かす》かなる願であった。時雄は悶えた、思い乱れた。妬《ねた》みと惜しみと悔恨《くやみ》との念が一緒になって旋風のように頭脳《あたま》の中を回転した。師としての道義の念もこれに交って、益々《ますます》炎を熾《さか》んにした。わが愛する女の幸福の為めという犠牲の念も加わった。で、夕暮の膳《ぜん》の上の酒は夥《おびただ》しく量を加えて、泥鴨《あひる》の如《ごと》く酔って寝た。

あくる日は日曜日の雨、裏の森にざんざん降って、時雄の為めには一倍に侘《わび》しい。欅《けやき》の古樹に降りかかる雨の脚《あし》、それが実に長く、限りない空から限りなく降っていもう秋であるとしか思われない。時雄は読書する勇気も無い、筆を執る勇気もない。今回の事件から冷々《ひえびえ》と背中の冷たい籐椅子《とういす》に身を横《よこた》えつつ、雨の長い脚を見ながら、その身の半生のことを考えた。かれの経験にはこういう経験が幾度もあった。一歩の相違で運命の唯中に入ることが出来ずに、いつも圏外に立たせられた淋しい苦悶《くもん》、その苦しい味をかれは常に味《あじわ》った。文学の側でもそうだ、社会の側でもそうだ。恋、恋、恋、今になってもこんな消極的な運命に漂わされているかと思うと、その身の意気地なしと運命のつたないことがひしひしと胸に迫った。ツルゲネーフのいわゆる Superfluous man!＊だと思って、その主人公の儚《はかな》い一生を胸に繰返した。

寂寥《さびしさ》に堪えず、午《ひる》から酒を飲むと言出した。細君の支度の為《し》ようが遅いのでぶつぶつ言っていたが、膳に載《の》せられた肴《さかな》がまずいので、遂に癇癪《かんしゃく》を起して、自棄《やけ》に酒を飲んだ。一本、二本と徳利の数は重《かさな》って、時雄は時の間《ま》に泥の如く酔った。細君に対する不平ももう言わなくなった。徳利に酒が無くなると、只、酒、酒と言うばかりだ。そしてこれをぐいぐいと呷《あお》る。気の弱い下女はどうしたことかと呆《あき》れて見ておった。男の児の五歳になるのを始めは頻《しき》りに可愛《かわい》がって抱いたり撫《な》でたり接吻《せっぷん》したりしていたが、どうしたはずみでか泣出したのに腹を立てて、ピシャピシャとその尻《しり》を乱打したので、三人の子供は怖《こわ》がって、遠巻にして、平生《ふだん》に似もやらぬ父親の赤く酔った顔を不思議そうに見ていた。一升近く飲んでそのまま其処に酔倒れて、お膳の筋斗《とんぼ》がえりを打つのにも頓着《とんちゃく》しなかったが、やがて不思議なだらだらした節で、十年も前にはやった幼稚な新体詩を歌い出した。

君が門辺《かどべ》をさまよふは
巷《ちまた》の塵《ちり》を吹き立つる
嵐《あらし》のみとやおぼすらん。
その嵐よりいやあれに
その塵よりも乱れたる
恋のかばねを暁の*

歌を半ばにして、細君の被《か》けた蒲団《ふとん》を着たまま、すっくと立上って、座敷の方へ小山の如く動いて行った。何処へ？　何処へいらっしゃるんです？　と細君は気が気でなくその後を追って行ったが、それにも関《かま》わず、蒲団を着たまま、厠《かわや》の中に入ろうとした。細君は慌《あわ》てて、

「貴郎《あなた》、貴郎、酔っぱらってはいやですよ。そこは手水場《ちょうずば》ですよ」

突如《いきなり》蒲団を後から引いたので、蒲団は厠の入口で細君の手に残った。時雄はふらふらと危く小便をしていたが、それがすむと、突如《いきなり》鞺《どう》と厠の中に横に寝てしまった。細君が汚《きたな》がって頻《しき》りに揺《ゆす》ったり何かしたが、時雄は動こうとも立とうとも為ない。そうかと云って眠ったのではなく、赤土のような顔に大きい鋭い目を明《あ》いて、戸外《おもて》に降り頻《しき》る雨をじっと見ていた。

四

時雄は例刻をてくてくと牛込矢来町の自宅に帰って来た。

渠《かれ》は三日間、その苦悶《くもん》と戦った。渠は性として惑溺《わくでき》することが出来ぬ或る一種の力を有《も》っている。この力の為《た》めに支配されるのを常に口惜しく思っているのではあるが、それでもいつか負けて了《しま》う。征服されて了う。これが為め渠はいつも運命の圏外に立って苦しい味を嘗《な》めさせられるが、世間からは正しい人、信頼するに足る人と信じられている。三日間の苦しい煩悶《はんもん》、これでとにかく渠はその前途を見た。二人の間の関係は一段落を告げた。これからは、師としての責任を尽して、わが愛する女の幸福の為めを謀《はか》るばかりだ。これはつらい、けれどつらいのが人生《ライフ》だ！と思いながら帰って来た。

門をあけて入ると、細君が迎えに出た。残暑の日はまだ暑く、洋服の下襦袢《したじゅばん》がびっしょり汗にぬれている。それを糊《のり》のついた白地の単衣《ひとえ》に着替えて、茶の間の火鉢《ひばち》の前に坐ると、細君はふと思い附いたように、箪笥《たんす》の上の一封の手紙を取出し、

「芳子さんから」

と言って渡した。

急いで封を切った。巻紙の厚いのを見ても、その事件に関しての用事に相違ない。

時雄は熱心に読下した。

言文一致*で、すらすらとこの上ない達筆。

先生――

実は御相談に上りたいと存じましたが、余り急でしたものでしたから、独断で実行致しました。

昨日四時に田中から電報が参りまして、六時に新橋の停車場に着くとのことですもの、私はどんなに驚きましたか知れません。

何事も無いのに出て来るような、そんな軽率な男でないと信じておりますだけに、一層甚《はなはだ》しく気を揉《も》みました。先生、許して下さい。私はその時刻に迎えに参りましたのです。逢《あ》って聞きますと、私の一伍一什《いちぶしじゅう》*を書いた手紙を見て、非常に心配して、もしこの事があった為め万一郷里に伴《つ》れて帰られるようなことがあっては、自分が済まぬと言うので、学事をも捨てて出京して、先生にすっかりお打明申して、お詫《わび》も申上げ、お情にも縋《すが》って、万事円満に参るようにと、そういう目的で急に出て参ったとのことで御座います。それから、私は先生にお話し申した一伍一什、先生のお情深い言葉、将来までも私等二人の神聖な真面目《まじめ》な恋の証人とも保護者ともなって下さるということを話しましたところ、非常に先生の御情に感激しまして、感謝の涙に暮れました次第で御座います。田中は私の余りに狼狽《ろうばい》した手紙に非常に驚いたとみえまして、十分覚悟をして、万一破壊の暁にはと言った風なことも決心して参りましたので御座います。万一の時にはあの時嵯峨《さが》に一緒に参った友人を証人にして、二人の間が決して汚《けが》れた関係の無いことを弁明し、別れて後互に感じた二人の恋愛をも打明けて、先生にお縋り申して郷里の父母の方へも逐一《ちくいち》言って頂こうと決心して参りましたそうです。けれどこの間の私の無謀で郷里の父母の感情を破っている矢先、どうしてそんなことを申して遣《つか》わされましょう。今は少時《しばらく》沈黙して、お互に希望を持って、専心勉学に志し、いつか折を見て——或《あるい》は五年、十年の後かも知れません——打明けて願う方が得策だと存じまして、そういうことに致しました。先生のお話をも一切話して聞かせました。で、用事が済んだ上は帰した方が好いのですけれど、非常に疲れている様子を見ましては、さすがに直ちに引返すようにとも申兼ねました。(私の弱いのを御許し下さいまし)勉学中、実際問題に触れてはならぬとの先生の御教訓は身にしみて守るつもりで御座いますが、一先《ひとまず》、旅籠屋《はたごや》に落着かせまして、折角出て来たものですから、一日位見物しておいでなさいと、つい申して了いました。どうか先生、お許し下さいまし。私共も激しい感情の中に、理性も御座いますから、京都でしたような、仮りにも常識を外《はず》れた、他人から誤解されるようなことは致しません。誓って、決して致しません。末ながら奥様にも宜《よろ》しく申上げて下さいまし。

芳子

先生　御もと

この一通の手紙を読んでいる中、さまざまの感情が時雄の胸を火のように燃えて通った。その田中という二十一の青年が現にこの東京に来ている。芳子が迎えに行った。何をしたか解らん。この間言ったこともまるで虚言《うそ》かも知れぬ。この夏期の休暇に須磨《すま》で落合った時から出来ていて、京都での行為もその望を満す為め、今度も恋しさに堪《た》え兼ねて女の後を追って上京したのかも知れん。手を握ったろう。胸と胸とが相触れたろう。人が見ていぬ旅籠屋の二階、何を為《し》ているか解らぬ。汚れる汚れぬのも刹那《せつな》の間だ。こう思うと時雄は堪《たま》らなくなった。「監督者の責任にも関する！」と腹の中で絶叫した。こうしてはおかれぬ、こういう自由を精神の定まらぬ女に与えておくことは出来ん。監督せんければならん、保護せんけりゃならん。私共は熱情もあるが理性がある！　私共とは何だ！　何故《なぜ》私とは書かぬ、何故複数を用いた？　時雄の胸は嵐《あらし》のように乱れた。着いたのは昨日の六時、姉の家に行って聞き糺《ただ》せば昨夜何時頃に帰ったか解るが、今日はどうした、今はどうしている？

細君の心を尽した晩餐《ばんさん》の膳《ぜん》には、鮪《まぐろ》の新鮮な刺身に、青紫蘇《あおじそ》の薬味を添えた冷《ひや》豆腐《やっこ》、それを味う余裕もないが、一盃《いっぱい》は一盃と盞《さかずき》を重ねた。

細君は末の児を寝かして、火鉢の前に来て坐ったが、芳子の手紙の夫の傍にあるのに眼を附けて、

「芳子さん、何って言って来たのです？」

時雄は黙って手紙を投げて遣《や》った、細君はそれを受取りながら、夫の顔をじろりと見て、暴風の前に来る雲行の甚だ急なのを知った。

細君は手紙を読終って巻きかえしながら、

「出て来たのですね」

「うむ」

「ずっと東京に居るんでしょうか」

「手紙に書いてあるじゃないか、すぐ帰すッて……」

「帰るでしょうか」

「そんなこと誰が知るものか」

夫の語気が烈《はげ》しいので、細君は口を噤《つぐ》んで了った。少時《しばらく》経《た》ってから、

「だから、本当に厭《いや》さ、若い娘の身で、小説家になるなんぞッて、望む本人も本人なら、よこす親達も親達ですからね」

「でも、お前は安心したろう」と言おうとしたが、それは止《よ》して、

「まア、そんなことはどうでも好いさ、どうせお前達には解らんのだから……それは止《よ》して、よりも酌でもしたらどうだ」

温順な細君は徳利を取上げて、京焼の盃《さかずき》に波々と注ぐ。

時雄は頻《しき》りに酒を呷《あお》った。酒でなければこの鬱《うつ》を遣るに堪えぬといわぬばかりに。

三本目に、妻は心配して、

「この頃はどうか為ましたね」

「何故？」

「酔ってばかりいるじゃありませんか」

「酔うということがどうかしたのか」

「そうでしょう、何か気に懸ることがあるからでしょう。芳子さんのことなどはどうでも好いじゃありませんか」

「馬鹿！」

と時雄は一喝《かつ》した。

細君はそれにも懲《こ》りずに、

「だって、余り飲んでは毒ですよ、もう好い加減になさい、また手水場《ちようずば》にでも入って寝ると、貴郎《あなた》は大きいから、私と、お鶴（下女）の手ぐらいではどうにもなりゃしませんからさ」

「まア、好いからもう一本」

で、もう一本を半分位飲んだ。もう酔は余程廻ったらしい。顔の色は赤銅色《しやくどういろ》に染って眼が少しく据っていた。急に立上って、

「おい、帯を出せ！」

「何処《どこ》へいらっしゃる」

「三番町まで行って来る」

「姉の処《ところ》？」

「うむ」

「およしなさいよ、危《あぶ》ないから」

「何アに大丈夫だ、人の娘を預って監督せずに投遣《なげやり》にしてはおかれん。男がこの東京に来て一緒に歩いたり何かしているのを見ぬ振をしてはおかれん。田川（姉の家の姓）に預けておいても不安心だから、今日、行って、早かったら、芳子を家に連

れて来る。二階を掃除しておけ」

「家に置くんですか、また……」

「勿論《もちろん》」

細君は容易に帯と着物とを出そうともせぬので、

「よし、よし、着物を出さんのなら、これで好い」と、白地の単衣《ひとえ》に唐縮緬《とうちりめん》の汚れたへこ帯、帽子も被《かぶ》らずに、そのままに急いで戸外へ出た。「今出しますから……本当に困って了う」という細君の声が後に聞えた。

夏の日はもう暮れ懸っていた。矢来の酒井の森には烏《からす》の声が喧《やかま》しく聞える。どの家でも夕飯が済んで、門口に若い娘の白い顔も見える。ボールを投げている少年もある。官吏らしい鰌髭《どじょうひげ》の紳士が庇髪《ひさしがみ》の若い細君を伴《つ》れて、神楽坂《かぐらざか》に散歩に出懸けるのにも幾組か邂逅《でっくわ》した。時雄は激昂《げっこう》した心と泥酔した身体とに烈《はげ》しく漂わされて、四辺《あたり》に見ゆるものが皆な別の世界のもののように思われた。両側の家も動くよう、地も脚の下に陥るよう、天も頭の上に蔽《おお》い冠《かぶ》さるように感じた。元からさ程強い酒量でないのに、無闇《むやみ》にぐいぐいと呷《あお》ったので、一時に酔が発したのであろう。ふと露西亜《ロシア》の賤民《せんみん》の酒に酔って路傍に倒れて寝ているのを思い出した。そしてある友人と露西亜の人間はこれだから豪《えら》い、惑溺《わくでき》するなら飽《あく》まで惑溺せんければ駄目だと言ったことを思いだした。馬鹿な！　恋に師弟の別があって堪るものかと口へ出して言った。

中根坂を上って、士官学校の裏門*から佐内坂の上まで来た頃は、日はもうとっぷりと暮れた。白地の浴衣《ゆかた》がぞろぞろと通る。煙草屋《たばこや》の前に若い細君が出ている。氷屋の暖簾《のれん》が涼しそうに夕風に靡《なび》く。時雄はこの夏の夜景を朧《おぼろ》げに眼には見ながら、電信柱に突当って倒れそうにしたり、浅い溝《みぞ》に落ちて膝頭《ひざがしら》をついたり、職工体《てい》の男に、「酔漢奴《よっぱらいめ》！　しっかり歩け！」と罵《ののし》られたりした。急に自ら思いついたらしく、坂の上から右に折れて、市ケ谷八幡の境内へと入った。境内には人の影もなく寂寞《ひっそり》としていた。大きい古い欅《けやき》の樹と松の樹とが蔽い冠さって、左の隅《すみ》に珊瑚《さんご》樹《じゅ》の大きいのが繁《しげ》っていた。処々の常夜燈はそろそろ光を放ち始めた。時雄はいかにしても苦しいので、突如《いきなり》その珊瑚樹の蔭《かげ》に身を躱《かく》して、その根本の地上に身を横《よこ》たえた。興奮した心の状態、奔放な情と悲哀の快感とは、極端までその力を発展して、一方痛切に嫉妬《しっと》の念に駆《か》られながら、一方冷淡に自己の状態を客観した。

初めて恋するような熱烈な情は無論なかった。盲目にその運命に従うと謂《い》うよりは、寧《むし》ろ冷《ひやや》かにその運命を批判した。熱い主観の情と冷めたい客観の批判とが絡《よ》り合せた糸のように固く結び着けられて、一種異様の心の状態を呈した。

悲しい、実に痛切に悲しい。この悲哀は華《はな》やかな青春の悲哀でもなく、単に男女の恋の上の悲哀でもなく、人生の最奥《さいおう》に秘《ひそ》んでいるある大きな悲哀だ。行く水の流、咲く花の凋落《ちょうらく》、この自然の底に蟠《わだかま》れる抵抗すべからざる力に触れては、人間ほど儚《はかな》い情《なさけ》ないものはない。*

汪然《おうぜん》として涙は時雄の鬚面《ひげづら》を伝った。

ふとある事が胸に上《のぼ》った。時雄は立上って歩き出した。もう全く夜になった。境内の処々に立てられた硝子燈《ガラスとう》は光を放って、その表面の常夜燈という三字がはっきり見える。この常夜燈という三字、これを見てかれは胸を衝《つ》いた。この三字をかれは曽《かつ》て深い懊悩《おうのう》を以て見たことは無いだろうか。今の細君が大きい桃割《ももわれ》に結って、このすぐ下の家に娘で居た時、渠《かれ》はその微《かす》かな琴の音《ね》の髣髴《ほうふつ》をだに得たいと思ってよくこの八幡の高台に登った。かの女を得なければ寧《いっ》そ南洋の植民地に漂泊しようというほどの熱烈な心を抱《いだ》いて、華表《とりい》、* 長い石階《いしだん》、社殿、俳句の懸行燈《かけあんどん》、この常夜燈の三字にはよく見入って物を思ったものだ。その下には依然たる家屋、電車の轟《とどろき》こそおりおり寂寞《せきばく》を破って通るが、その妻の実家の窓には昔と同じように、明かに燈の光が輝いていた。何たる節操なき心ぞ、僅《わず》かに八年の年月を閲《けみ》したばかりであるのに、こうも変ろうとは誰が思おう。その桃割姿を丸髷姿《まるまげすがた》にして、楽しく暮したその生活がどうしてこういう荒涼たる生活に変って、どうしてこういう新しい恋を感ずるようになったか。時雄は我ながら時の力の恐ろしいのを痛切に胸に覚えた。けれどその胸にある現在の事実は不思議にも何等の動揺をも受けなかった。

「矛盾でもなんでも為方《しかた》がない、その矛盾、その無節操、これが事実だから為方がない、事実*！　事実！」

　と時雄は胸の中に繰返した。

　時雄は堪え難い自然の力の圧迫に圧せられたもののように、再び傍のロハ台*に長い身を横えた。ふと見ると、赤銅《しゃくどう》のような色をした光芒《ひかり》の無い大きい月が、お濠《ほり》の松の上に音も無く昇っていた。その色、その状《かたち》、その姿がいかにも侘《わび》しい。その侘しさがその身の今の侘しさによく適《かな》っていると時雄は思って、また堪え難い哀愁がその胸に漲《みなぎ》り渡った。

　酔は既に醒《さ》めた。夜露は置始めた。

土手三番町の家の前に来た。覗《のぞ》いてみたが、芳子の室に燈火の光が見えぬ。まだ帰って来ぬとみえる。時雄の胸はまた燃えた。この夜、この暗い夜に恋しい男と二人! 何をしているか解らぬ。こういう常識を欠いた行為を敢《あえ》てして、神聖なる恋とは何事? 汚れたる行為の無いのを弁明するとは何事?

すぐ家に入ろうとしたが、まだ当人が帰っておらぬのに上っても為方が無いと思って、その前を真直《まつすぐ》に通り抜けた。女と摩違《すれちが》う度《たび》に、芳子ではないかと顔を覗きつつ歩いた。土手の上、松の木蔭、街道の曲り角、往来の人に怪まるるまで彼方此方《あっちこっち》を徘徊《はいかい》した。もう九時、十時に近い。いかに夏の夜であるからと言って、そう遅くまで出歩いている筈《はず》が無い。もう帰ったに相違ないと思って、引返して姉の家に行ったが、矢張りまだ帰っていない。

時雄は家に入った。

奥の六畳に通るや否《いなや》、

「芳さんはどうしました?」

その答より何より、姉は時雄の着物に夥《おびただ》しく泥の着いているのに驚いて、

「まア、どうしたんです、時雄さん」

明かな洋燈《ランプ》の光で見ると、なるほど、白地の浴衣《ゆかた》に、肩、膝《ひざ》、腰の嫌《きら》いなく、夥しい泥痕《どろあと》！

「何アに、其処《そこ》でちょっと転んだものだから」

「だッて、肩まで粘《つ》いているじゃありませんか。また、酔ッぱらったんでしょう」

「何アに……」

と時雄は強《し》いて笑ってまぎらした。

さて時を移さず、

「芳さん、何処に行ったんです」

「今朝、ちょっと中野の方にお友達と散歩に行って来ると行って出たきりですがね、もう帰って来るでしょう。何か用？」

「え、少し……」と言って、「昨日は帰りは遅かったですか」

「いいえ、お友達を新橋に迎えに行くんだって、四時過に出かけて、八時頃に帰って来ましたよ」

時雄の顔を見て、

「どうかしたのですの？」

「何アに……けれどねえ姉さん」と時雄の声は改まった。「実は姉さんにおまかせしておいても、この間の京都のようなことが又あると困るですから、芳子を私の家において、十分監督しようと思うんですがね」

「そう、それは好《い》いですよ。本当に芳子さんはああいうしっかり者だから、私みたいな無教育のものでは……」

「いや、そういう訳でも無いですがね。余り自由にさせ過ぎても、却《かえ》って当人の為《ため》にならんですから、一つ家に置いて、十分監督してみようと思うんです」

「それが好いですよ。本当に、芳子さんにもね……何処と悪いことのない、発明な、利口な、今の世には珍らしい方ですけれど、一つ悪いことがあってね、男の友達と平気で夜歩いたりなんかするんですからね。それさえ止《よ》すと好いんだけれどとよく言うのですの。すると芳子さんはまた小母さんの旧弊*が始まったって、笑っているんだもの。いつかなぞも余り男と一緒に歩いたり何かするものだから、角《かど》の交番でね、不審にしてね、角袖《かくそで》巡査*が家の前に立っていたことがあったと云いますよ。それはそんなことは無いんだから、構いはしませんけどもね……」

「それはいつのことです？」

「昨年の暮でしたかね」

「どうもハイカラ過ぎて困る」と時雄は言ったが、時計の針の既に十時半の処を指すのを見て、

「それにしてもどうしたんだろう。若い身空で、こう遅くまで一人で出て歩くと言うのは？」

「もう帰って来ますよ」

「こんなことは幾度もあるんですか」

「いいえ、滅多《めった》にありはしませんよ。夏の夜だから、まだ宵《よい》の口位に思って歩いているんですよ」

姉は話しながら裁縫《しごと》の針を止めぬのである。前に鴨脚《いちょう》の大きい裁物板《たちものいた》*が据えられて、彩絹《きぬ》の裁片《たちきれ》や糸や鋏《はさみ》やが順序なく四面《あたり》に乱れている。女物の美しい色に、洋燈《ランプ》の光が明かに照り渡った。九月中旬の夜は更《ふ》けて、稍々《やや》肌《はだ》寒く、裏の土手下を甲武の貨物汽車がすさまじい地響を立てて通る。

下駄の音がする度《たび》に、今度こそは！　今度こそは！　と待渡ったが、十一時が打

って間もなく、小きざみな、軽い後歯《あとば》の音が静かな夜を遠く響いて来た。

「今度のこそ、芳子さんですよ」

と姉は言った。

果してその足音が家の入口の前に留って、がらがらと格子《こうし》が開く。

「芳子さん？」

「ええ」

と艶《あで》やかな声がする。

玄関から丈《たけ》の高い庇髪《ひさしがみ》の美しい姿がすっと入って来たが、

「あら、まア、先生！」

と声を立てた。その声には驚愕《おどろき》と当惑の調子が十分に籠《こも》っていた。

「大変遅くなって……」と言って、座敷と居間との間の閾《しきい》の処に来て、半ば坐って、ちらりと電光のように時雄の顔色《かおつき》を窺《うかが》ったが、すぐ紫の袱紗《ふくさ》に何か包んだものを出して、黙って姉の方に押遣《おしや》った。

「何ですか……お土産《みやげ》？　いつもお気の毒ね？」

「いいえ、私も召上るんですもの」

と芳子は快活に言った。そして次の間へ行こうとしたのを、無理に洋燈《ランプ》の明るい眩《まぶ》しい居間の一隅《かたすみ》に坐らせた。美しい姿、当世流の庇髪《ひさしがみ》、派手なネルにオリイヴ色の夏帯を形よく緊《し》めて、少し斜《はす》に坐った艶やかさ。時雄はその姿と相対して、一種状《じょう》すべからざる満足を胸に感じ、今までの煩悶《はんもん》と苦痛とを半ば忘れて了《しま》った。有力な敵があっても、その恋人をだに占領すれば、それで心の安まるのは恋する者の常態である。

「大変に遅くなって了って……」

いかにも遣瀬《やるせ》ないというように微《かす》かに弁解した。

「中野へ散歩に行ったッて？」

時雄は突如として問うた。

「ええ……」芳子は時雄の顔色をまたちらりと見た。

姉は茶を淹《い》れる。土産の包を開くと、姉の好きな好きなシュウクリーム。これはマアお旨《い》しいと姉の声。で、暫《しばら》く一座はそれに気を取られた。

少時《しばらく》してから、芳子が、

「先生、私の帰るのを待っていて下さったの？」

「ええ、ええ、一時間半位待ったのよ」

と姉が傍《そば》から言った。

で、その話が出て、都合さえよくば今夜からでも――荷物は後からでも好いから――一緒に伴《つ》れて行く積りで来たということを話した。芳子は下を向いて、点頭《うなず》いて聞いていた。無論、その胸には一種の圧迫を感じたに相違ないけれど、芳子の心にしては、絶対に信頼して――今回の恋のことにも全心を挙げて同情してくれた師の家に行って住むことは別に甚《はなはだ》しい苦痛でも無かった。寧《むし》ろ以前からこの昔風の家に同居しているのを不快に思って、出来るならば、初めのように先生の家にと願っていたのであるから、今の場合でなければ、かえって大《おおい》に喜んだのであろうに……

時雄は一刻も早くその恋人のことを聞糺《ききただ》したかった。今、その男は何処《どこ》にいる？　何時《いつ》京都に帰るか？　これは時雄に取っては実に重大な問題であった。けれど何も知らぬ姉の前で、打明けて問う訳にも行かぬので、この夜は露ほどもそのことを口に出さなかった。一座は平凡な物語に更《ふ》けた。

今夜にもと時雄の言出したのを、だって、もう十二時だ、明日にした方が宜《よ》かろうとの姉の注意。で、時雄は一人で牛込に帰ろうとしたが、どうも不安心で為方《しかた》がないような気がしたので、夜の更けたのを口実に、姉の家に泊って、明朝早く一緒に行くことにした。

芳子は八畳に、時雄は六畳に姉と床を並べて寝た。やがて姉の小さい鼾《いびき》が聞えた。時計は一時をカンと鳴った。八畳では寝つかれぬと覚しく、おりおり高い長大息《ためいき》の気勢《けはい》がする。甲武の貨物列車が凄《すさま》じい地響を立てて、この深夜を独《ひと》り通る。時雄も久しく眠られなかった。

五

翌朝時雄は芳子を自宅に伴った。二人になるより早く、時雄は昨日の消息を知ろうと思ったけれど、芳子が低頭勝《うつむきがち》に悄然《しょうぜん》として後について来るのを見ると、何となく可哀《かわい》そうになって、胸に苛々《いらいら》する思を畳みながら、黙して歩いた。

佐内坂を登り了《おわ》ると、人通りが少くなった。時雄はふと振返って、「それでどうしたの？」と突如として訊《たず》ねた。

「え？」

反問した芳子は顔を曇らせた。

「昨日の話さ、まだ居るのかね」

「今夜の六時の急行で帰ります」

「それじゃ送って行かなくってはいけないじゃないか」

「いいえ、もう好いんですの」

これで話は途絶えて、二人は黙って歩いた。

矢来町の時雄の宅、今まで物置にしておいた二階の三畳と六畳、これを綺麗《きれい》に掃除して、芳子の住居《すまい》とした。久しく物置——子供の遊び場にしておいたので、塵埃《ちり》が山のように積っていたが、箒《ほうき》をかけ雑巾《ぞうきん》をかけ、雨のしみの附いた破れた障子を貼《は》り更えると、こうも変るものかと思われるほど明るくなって、裏の酒井の墓塋《はか》の大樹の繁茂《しげり》が心地よき空翠《みどり》をその一室に漲《みなぎ》らした。隣家の葡萄棚《ぶどうだな》、打捨てて手を入れようともせぬ庭の雑草の中に美人草の美しく交って咲いているのも今更に目につく。時雄はさる画家の描いた朝顔の幅《ふく》を選んで床に懸け、懸花瓶《けんかびん》には後《おく》れ咲《ざき》の薔薇《ばら》の花を挿《さ》した。午頃《ひるごろ》に荷物が着いて、大きな支那《しな》鞄《かばん》、柳行李《やなぎごうり》、信玄袋、本箱、机、夜具、これを二階に運ぶのには中々骨が折れる。時雄はこの手伝いに一日社を休むべく余儀なくされたのである。

机を南の窓の下、本箱をその左に、上に鏡やら紅皿《べにざら》やら罎《びん》やらを順序よく並べた。押入の一方には支那鞄、柳行李、更紗《さらさ》の蒲団《ふとん》夜具の一組を他の一方に入れようとした時、女の移香《うつりが》が鼻を撲《う》った*ので、時雄は変な気になった。

午後二時頃には一室《ひとま》が一先ず整頓《せいとん》した。

「どうです、此処《ここ》も居心は悪くないでしょう」時雄は得意そうに笑って、「此処に居て、まア緩《ゆっ》くり勉強するです。本当に実際問題に触れてつまらなく苦労したって為方がないですからねえ」

「え……」と芳子は頭を垂れた。

「後で詳しく聞きましょうが、今の中《うち》は二人共じっとして勉強していなくては、為方がないですからね」

「え……」と言って、芳子は顔を挙げて、「それで先生、私達もそう思って、今はお互に勉強して、将来に希望を持って、親の許諾《ゆるし》をも得たいと存じておりますの！」

「それが好いです。今、余り騒ぐと、人にも親にも誤解されて了って、折角の真面目な希望も遂げられなくなりますから」

「ですから、ね、先生、私は一心になって勉強しようと思いますの。田中もそう申しておりました。それから、先生に是非お目にかかってお礼を申上げなければ済まないと申しておりましたけれど……よく申上げてくれッて……」

「いや……」

　時雄は芳子の言葉の中に、「私共」と複数を遣《つか》うのと、もう公然許嫁《いいなずけ》の約束でもしたかのように言うのとを不快に思った。まだ、十九か二十の妙齢の処女が、こうした言葉を口にするのを怪しんだ。時雄は時代の推移《おしうつ》ったのを今更のように感じた。当世の女学生気質《かたぎ》のいかに自分等の恋した時代の処女気質と異っているかを思った。勿論《もちろん》、この女学生気質を時雄は主義の上、趣味の上から喜んで見ていたのは事実である。昔のような教育を受けては、到底今の明治の男子の妻としては立って行かれぬ。女子も立たねばならぬ、意志の力を十分に養わねばならぬとはかれの持論である。この持論をかれは芳子に向っても尠《すくな》からず鼓吹した。けれどこの新派のハイカラの実行を見てはさすがに眉《まゆ》を顰《ひそ》めずにはいられなかった。

男からは国府津《こうづ》の消印で帰途に就《つ》いたという端書《はがき》が着いて翌日三番町の姉の家から届けて来た。居間の二階には芳子が居て、呼べば直ぐ返事をして下りて来る。食事には三度三度膳《ぜん》を並べて団欒《だんらん》して食う。夜は明るい洋燈《ランプ》を取巻いて、賑《にぎ》わしく面白く語り合う。靴下は編んでくれる。美しい笑顔を絶えず見せる。時雄は芳子を全く占領して、とにかく安心もし満足もした。細君も芳子に恋人があるのを知ってから、危険の念、不安の念を全く去った。

芳子は恋人に別れるのが辛《つら》かった。成ろうことなら一緒に東京に居て、時々顔をも見、言葉をも交えたかった。けれど今の際それは出来難いことと知っていた。二年、三年、男が同志社を卒業するまでは、たまさかの雁《かり》の音信《おとずれ》をたよりに、一心不乱に勉強しなければならぬと思った。で、午後からは、以前の如《ごと》く麹町《こうじまち》の某英学塾に通い、時雄も小石川の社に通った。

時雄は夜などおりおり芳子を自分の書斎に呼んで、文学の話、小説の話、それから恋の話をすることがある。そして芳子の為《た》めにその将来の注意を与えた。その時の態度は公平で、率直で、同情に富んでいて、決して泥酔して厠《かわや》に寝たり、地上に横たわったりした人とは思われない。さればと言って、時雄はわざとそういう態度にするのではない、女に対《むか》っている刹那《せつな》――その愛した女の歓心を得るには、いかなる犠牲も甚だ高価に過ぎなかった。

で、芳子は師を信頼した。時期が来て、父母にこの恋を告ぐる時、旧思想と新思想と衝突するようなことがあっても、この恵深い師の承認を得さえすればそれで沢山だとまで思った。

九月は十月になった。＊さびしい風が裏の森を鳴らして、空の色は深く碧《あお》く、日の光は透通《すきとお》った空気に射渡《さしわた》って、夕の影が濃くあたりを隈《くま》どるようになった。取り残した芋《いも》の葉に雨は終日降頻《ふりしき》って、八百屋《やおや》の店には松茸《まつたけ》が並べられた。垣の虫の声は露に衰えて、庭の桐《きり》の葉も脆《もろ》くも落ちた。午前の中の一時間、九時より十時までを、ツルゲネーフの小説の解釈、芳子は師のかがやく眼の下に、机に斜《はす》に坐って、「オン、ゼ、イブ」＊の長い長い物語に耳を傾けた。エレネの感情に烈《はげ》しく意志の強い性格と、その悲しい悲壮なる末路とは如何《いか》にかの女を動かしたか。芳子はエレネの恋物語を自分に引くらべて、その身を小説の中に置いた。恋の運命、恋すべき人に恋する機会がなく、思いも懸けぬ人にその一生を任した運命、実際芳子の当時の心情そのままであった。須磨の浜で、ゆくりなく受取った百合《ゆり》の花の一葉の端書、それがこうした運命になろうとは夢にも思い知らなかったのである。

雨の森、闇の森、月の森に向って、芳子はさまざまにその事を思った。京都の夜汽車、嵯峨《さが》の月、膳所《ぜぜ》*に遊んだ時には湖水に夕日が美しく射渡って、旅館の中庭に、萩《はぎ》が絵のように咲乱れていた。その二日の遊は実に夢のようであったと思った。続いてまだその人を恋せぬ前のこと、須磨の海水浴、故郷の山の中の月、病気にならぬ以前、殊《こと》にその時の煩悶《はんもん》を考えると、頰《ほお》がおのずから赧《あか》くなった。

空想から空想、その空想はいつか長い手紙となって京都に行った。京都からも殆《ほとん》ど隔日のように厚い厚い封書が届いた。書いても書いても尽くされぬ二人の情――余りその文通の頻繁《ひんぱん》なのに時雄は芳子の不在を窺《うかが》って、監督という口実の下にその良心を抑えて、こっそり机の抽出《ひきだし》やら文箱《ふばこ》やらをさがした。捜し出した二三通の男の手紙を走り読みに読んだ。

恋人のするような甘ったるい言葉は到《いた》る処《ところ》に満ちていた。けれど時雄はそれ以上にある秘密を捜し出そうと苦心した。接吻《せっぷん》の痕《あと》、性慾の痕が何処《どこ》かに顕《あら》われておりはせぬか。神聖なる恋以上に二人の間は進歩しておりはせぬか、けれど手紙にも解らぬのは恋のまことの消息であった。

一カ月は過ぎた。

ところが、ある日、時雄は芳子に宛《あ》てた一通の端書を受取った。英語で書いてある端書であった。何気なく読むと、一月ほどの生活費は準備して行く、あとは東京で衣食の職業が見附かるかどうかという意味、京都田中としてあった。時雄は胸を轟《とどろ》かした。平和は一時にして破れた。

晩餐《ばんさん》後、芳子はその事を問われたのである。

芳子は困ったという風で、「先生、本当に困って了《しま》ったんですの。田中が東京に出て来ると云うのですもの、私は二度、三度まで止めて遣《や》ったんですけれど、何だか、宗教に従事して、虚偽に生活してることが、今度の動機で、すっかり厭《いや》になって了ったとか何とかで、どうしても東京に出て来るッて言うんですよ」

「東京に来て、何をするつもりなんだ？」

「文学を遣りたいと――」

「文学？　文学ッて、何だ。小説を書こうと言うのか」

「え、そうでしょう……」

「馬鹿な！」

と時雄は一喝《かつ》した。

「本当に困って了うんですの」

「貴嬢《あなた》はそんなことを勧めたんじゃないか」

「いいえ」と烈しく首を振って、「私はそんなこと……私は今の場合困るから、せめて同志社だけでも卒業してくれッて、この間初めに申して来た時に達《た》って止めて遣ったんですけれど……もうすっかり独断でそうして了ったんですッて。今更取かえしがつかぬようになって了ったんですッて」

「どうして？」

「神戸の信者で、神戸の教会の為めに、田中に学資を出してくれている神津《こうづ》という人があるのですの。その人に、田中が宗教は自分には出来ぬから、将来文学で立とうと思う。どうか東京に出してくれと言って遣ったんですの。すると大層怒って、それならもう構わぬ、勝手にしろと言われて、すっかり支度をしてしまったんですって、本当に困って了いますの」

「馬鹿な！」

と言ったが、「今一度留めて遣んなさい。小説で立とうなんて思ったッて、とても駄目だ、全く空想だ、空想の極端だ。それに、田中が此方《こっち》に出て来ていては、貴嬢の監督上、私が非常に困る。貴嬢の世話も出来んようになるから、厳《きび》しく止めて遣んなさい！」

芳子は愈々《いよいよ》困ったという風で、「止めてはやりますけれど、手紙が行違いになるかも知れませんから」

「行違い？　それじゃもう来るのか」

時雄は眼を睜《みは》った。

「今来た手紙に、もう手紙をよこしてくれても行違いになるからと言ってよこしたんですから」

「今来た手紙ッて、さっきの端書の又後に来たのか」

芳子は点頭《うなず》いた。

「困ったね。だから若い空想家は駄目だと言うんだ」

平和は再び攪乱《かきみだ》さるることとなった。

六

一日置いて今夜の六時に新橋に着くという電報があった。電報を持って、芳子はまごまごしていた。けれど夜ひとり若い女を出して遣る訳に行かぬので、新橋へ迎えに行くことは許さなかった。

翌日は逢って達《た》って諫《いさ》めてどうしても京都に還《かえ》らせるようにすると言って、芳子はその恋人の許《もと》を訪《と》うた。その男は停車場前のつるやという旅館《はたごや》に宿《とま》っているのである。

時雄が社から帰った時には、まだとても帰るまいと思った芳子が既にその笑顔を玄関にあらわしていた。聞くと田中は既にこうして出て来た以上、どうしても京都には帰らぬとのことだ。で、芳子は殆《ほとん》ど喧嘩《けんか》をするまでに争ったが、矢張断《だん》として可《き》かぬ。先生を頼《たよ》りにして出京したのではあるが、そう聞けば、なるほど御尤《ごもっとも》である。監督上都合の悪いというのもよく解りました。けれど今更帰れませぬから、自分で如何《いか》ようにしても自活の道を求めて目的地に進むより他《ほか》はないとまで言ったそうだ。時雄は不快を感じた。

時雄は一時は勝手にしろと思った。放っておけとも思った。けれど圏内の一員たるかれにどうして全く風馬牛《ふうばぎゅう》たることを得ようぞ。芳子はその後二三日訪問した形跡もなく、学校の時間には正確に帰って来るが、学校に行くと称して恋人の許《もと》に寄りはせぬかと思うと、胸は疑惑と嫉妬《しっと》とに燃えた。

時雄は懊悩《おうのう》した。その心は日に幾遍となく変った。ある時は全く犠牲になって二人の為めに尽そうと思った。ある時はこの一伍一什《いちぶしじゅう》を国に報じて一挙に破壊して了おうかと思った。けれどこの何《いず》れをも敢《あえ》てすることの出来ぬのが今の心の状態であった。

細君が、ふと、時雄に耳語《じご》した。

「あなた、二階では、これよ」と針で着物を縫う真似《まね》をして、小声で、「きっと……上げるんでしょう。紺絣《こんがすり》の書生羽織！　白い木綿の長い紐《ひも》も買ってありますよ」

「本当か？」

「え」

と細君は笑った。

時雄は笑うどころではなかった。

芳子が今日は先生少し遅くなりますからと顔を赧《あか》くして言った。「彼処《あすこ》に行くのか」と問うと、

「いいえ！　一寸《ちよつと》友達の処に用があって寄って来ますから」

その夕暮、時雄は思切って、芳子の恋人の下宿を訪問した。

「まことに、先生にはよう申訳がありまえんのやけれど……」長い演説調の雄弁で、形式的の申訳をした後、田中という中脊《ちゆうぜい》の、少し肥えた、色の白い男が祈禱《きとう》をする時のような眼色をして、さも同情を求めるように言った。

時雄は熱していた。「然《しか》し、君、解ったら、そうしたら好いじゃありませんか、僕は君等の将来を思って言うのです。芳子は僕の弟子《でし》です。僕の責任として、芳子に廃学させるには忍びん。君が東京にどうしてもいると言うなら、芳子を国に帰すか、この関係を父母に打明けて許可を乞《こ》うか、二つの中一つを選ばんければならん。君は君の愛する女を君の為めに山の中に埋もらせるほどエゴイスチックな人間じゃ

ありますまい。君は宗教に従事することが今度の事件の為めに厭《いや》になったと謂《い》うが、それは一種の考えで、君は忍んで、京都に居りさえすれば、万事円満に、二人の間柄も将来希望があるのですから」

「よう解っております……」

「けれど出来んですか」

「どうも済みませんけど……制服も帽子も売ってしもうたで、今更帰るにも帰れまえんという次第で……」

「それじゃ芳子を国に帰すですか」

かれは黙っている。

「国に言って遣りましょうか」

矢張黙っていた。

「私の東京に参りましたのは、そういうことには寧《むし》ろ関係しない積《つもり》でおます。別段こちらに居りましても、二人の間にはどうという……」

「それは君はそう言うでしょう。けれど、それでは私は監督は出来ん。恋はいつ惑《わく》溺《でき》するかも解らん」

「私はそないなことは無いつもりですけどナ」

「誓い得るですか」

「静かに、勉強して行かれさえすれァナ、そないなことありませんけどナ」

「だから困るのです」

こういう会話——要領を得ない会話を繰返して長く相対した。時雄は将来の希望という点、男子の犠牲という点、事件の進行という点からいろいろさまざまに帰国を勧めた。時雄の眼に映じた田中秀夫は、想像したような一箇秀麗な丈夫《じょうふ》でもなく天才肌の人とも見えなかった。麴町《こうじまち》三番町通の安旅人宿《やすはたご》、三方壁でしきられた暑い室に初めて相対した時、先《ま》ずかれの身に迫ったのは、基督《キリスト》教に養われた、いやに取澄ました、年に似合わぬ老成な、厭な不愉快な態度であった。京都訛《なまり》の言葉、色の白い顔、やさしいところはいくらかはあるが、多い青年の中からこうした男を特に選んだ芳子の気が知れなかった。殊《こと》に時雄が最も厭に感じたのは、天真流露という率直なところが微塵《みじん》もなく、自己の罪悪にも弱点にも種々《いろいろ》の理由を強《し》いてつけて、これを弁解しようとする形式的態度であった。とは言え、実を言えば、時雄の激しい頭脳《あたま》には、それがすぐ直覚的に明かに映ったと云うではなく、座敷の隅《すみ》に置かれた小さい旅鞄《たびかばん》や憐《あわ》れにもしおたれた白地の浴衣《ゆかた》などを見ると、青年空想の昔が思い出されて、こうした恋の為《た》め、煩悶《はんもん》もし、懊悩もしているかと思って、憐憫《れんびん》の情も起らぬではなかった。

この暑い一室に相対して、趺坐《あぐら》をもかかず、二人は尠《すく》なくとも一時間以上語った。話は遂《つい》に要領を得なかった。「先ず今一度考え直して見給え」くらいが最後で、時雄は別れて帰途に就いた。

何だか馬鹿らしいような気がした。愚なる行為をしたように感じられて、自らその身を嘲笑《ちょうしょう》した。心にもないお世辞をも言い、自分の胸の底の秘密を蔽《おお》う為めには、二人の恋の温情なる保護者となろうとまで言ったことを思い出した。安飜訳《ほんやく》の仕事を周旋して貰《もら》う為め、某氏に紹介の労を執ろうと言ったことをも思い出した。そして自分ながら自分の意気地なく好人物なのを罵《ののし》った。

時雄は幾度か考えた。寧《むし》ろ国に報知して遣ろうか、と。けれどそれを報知するに、どういう態度を以《もっ》てしようかというのが大問題であった。二人の恋の関鍵《かぎ》を自ら握っていると信ずるだけそれだけ時雄は責任を重く感じた。その身の不当の嫉妬、不正の恋情の為めに、その愛する女の熱烈なる恋を犠牲にするには忍びぬと共に、自ら言った「温情なる保護者」として、道徳家の如《ごと》く身を処するにも堪えなかった。また一方にはこの事が国に知れて芳子が父母の為めに伴われて帰国するようになるのを恐れた。

芳子が時雄の書斎に来て、頭を垂れ、声を低うして、その希望を述べたのはその翌日の夜であった。如何《いか》に説いても男は帰らぬ。さりとて国へ報知すれば、父母の許さぬのは知れたこと、時宜《じぎ》に由《よ》れば忽《たちま》ち迎いに来ぬとも限らぬ。男も折角あして出て来たことでもあり二人の間も世の中の男女の恋のように浅く思い浅く恋した訳でもないから、決して汚れた行為などはなく、惑溺するようなことは誓って為《し》ない。文学は難《むず》かしい道、小説を書いて一家を成そうとするのは田中のようなものには出来ぬかも知れねど、同じく将来を進むなら、共に好む道に携わりたい。どうか暫《しばら》くこのままにして東京に置いてくれとの頼み。時雄はこの余儀なき頼みをすげなく却《しりぞ》けることは出来なかった。時雄は京都嵯峨《さが》に於《お》ける女の行為にその節操を疑ってはいるが、一方には又その弁解をも信じて、この若い二人の間にはまだそんなことはあるまいと思っていた。自分の青年の経験に照らしてみても、神聖なる霊の恋は成立っても肉の恋は決してそう容易に実行されるものではない。で、時雄は惑溺せぬものならば、暫くこのままにしておいて好いと言って、そして縷々《るる》として霊の恋愛、肉の恋愛、恋愛と人生との関係、教育ある新しい女の当《まさ》に守るべきことなどに就いて、切実にかつ真摯《しんし》に教訓した。古人が女子の節操を誡《いまし》めたのは社会道徳の制裁よりは、寧《むし》ろ女子の独立を保護する為であるということ、一度肉を男子に許せば女子の自由が全く破れるということ、西洋の女子はよくこの間の消息を解しているから、男女交際をして不都合がないということ、日本の新しい婦人も是非ともそうならなければならぬということなど主《おも》なる教訓の題目であったが、殊に新派の女子ということに就いて痛切に語った。

芳子は低頭《うつむ》いてきいていた。

時雄は興に乗じて、

「そして一体、どうして生活しようというのです？」

「少しは準備もして来たんでしょう、一月位は好いでしょうけれど……」

「何か旨《うま》い口でもあると好いけれど」と時雄は言った。

「実は先生に御縋《おすが》り申して、誰も知ってるものがないのに出て参りましたのですから、大層失望しましたのですけれど」

「だッて余り突飛だ。一昨日逢ってもそう思ったが、どうもあれでも困るね」

と時雄は笑った。

「どうか又御心配下さるように……この上御心配かけては申訳がありませんけれど」と芳子は縋るようにして顔を赧《あか》めた。

「心配せん方が好い、どうかなるよ」

芳子が出て行った後、時雄は急に険《けわ》しい難かしい顔に成った。「自分に……自分に、この恋の世話が出来るだろうか」と独《ひと》りで胸に反問した。「若い鳥は若い鳥でなくては駄目だ。自分等はもうこの若い鳥を引く美しい羽を持っていない」こう思うと、言うに言われぬ寂しさがひしと胸を襲った。「妻と子――家庭の快楽だと人は言うが、それに何の意味がある。子供の為めに生存している妻は生存の意味があろうが、妻を子に奪われ、子を妻に奪われた夫はどうして寂寞《せきばく》たらざるを得るか」

時雄はじっと洋燈《ランプ》を見た。

机の上にはモウパッサンの「死よりも強し」*が開かれてあった。

二三日経《た》って後、時雄は例刻に社から帰って火鉢《ひばち》の前に坐ると、細君が小声で、

「今日来てよ」

「誰が」

「二階の……そら芳子さんの好い人」

細君は笑った。

「そうか……」

「今日一時頃、御免なさいと玄関に来た人があるですから、私が出て見ると、顔の丸い、絣《かすり》の羽織を着た、白縞《しろしま》の袴《はかま》を穿《は》いた書生さんが居るじゃありませんか。また、原稿でも持って来た書生さんかと思ったら、横山さんは此方《こちら》においでですかと言うじゃありませんか。はて、不思議だと思ったけれど、名を聞きますと、田中……。はア、それでその人だナと思ったんですよ。厭な人ねえ、あんな人を、あんな書生さんを恋人にしないたッて、いくらも好いのがあるでしょうに。芳子さんは余程物好ね。あれじゃとても望みはありませんよ」

「それでどうした？」

「芳子さんは嬉《うれ》しいんでしょうけど、何だか極《きま》りが悪そうでしたよ。私がお茶を持って行って上げると、芳子さんは机の前に坐っている。その前にその人が居て、今まで何か話していたのを急に止《よ》して黙ってしまった。私は変だからすぐ下りて来たですがね、……何だか変ね、……今の若い人はよくああいうことが出来てね、私のその頃には男に見られるのすら恥かしくって恥かしくって為方《しかた》がなかったものですのに……」

「時代が違うからナ」

「いくら時代が違っても、余り新派過ぎると思いましたよ。堕落書生と同じですからね。それゃうわべが似ているだけで、心はそんなことはないでしょうけれど、何だか変ですよ」

「そんなことはどうでも好い。それでどうした？」

「お鶴（下女）が行って上げると言うのに、好いと言って、御自分で出かけて、餅《もち》菓子《がし》と焼芋《やきいも》を買って来て、御馳走《ごちそう》してよ。……お鶴も笑っていましたよ。お湯をさしに上ると、二人でお旨《い》しそうにおさつを食べているところでしたッて……」

時雄も笑わざるを得なかった。

細君は猶《なお》語り続《つ》いだ。「そして随分長く高い声で話していましたよ。議論みたいなことも言って、芳子さんもなかなか負けない様子でした」

「そしていつ帰った？」

「もう少し以前《さっき》」

「芳子は居るか」

「いいえ、路《みち》が分らないから、一緒に其処《そこ》まで送って行って来るッて出懸《でか》けて行ったんですよ」

時雄は顔を曇らせた。

夕飯を食っていると、裏口から芳子が帰って来た。急いで走って来たと覚しく、せいせい息を切っている。

「何処《どこ》まで行らしった？」

と細君が問うと、

「神楽坂《かぐらざか》まで」と答えたが、いつもする「おかえりなさいまし」を時雄に向って言って、そのままばたばたと二階へ上った。すぐ下りて来るかと思うに、なかなか下りて来ない。「芳子さん、芳子さん」と三度ほど細君が呼ぶと、「はアーい」という長い返事が聞えて、矢張下りて来ない。お鶴が迎いに行って漸《ようや》く二階を下りて来たが、準備した夕飯の膳《ぜん》を他所《よそ》に、柱に近く、斜《はす》に坐った。

「御飯は？」

「もう食べたくないの、腹《おなか》が一杯で」

「余りおさつを召上った故《せい》でしょう」

「あら、まア、酷《ひど》い奥さん。いいわ、奥さん」

と睨《にら》む真似《まね》をする。

細君は笑って、

「芳子さん、何だか変ね」

「何故《なぜ》？」と長く引張る。

「何故も無いわ」

「いいことよ、奥さん」

と又睨んだ。

時雄は黙ってこの嬌態《きょうたい》に対していた。胸の騒ぐのは無論である。不快の情はひしと押し寄せて来た。芳子はちらと時雄の顔を覗《うかが》ったが、その不機嫌《ふきげん》なのが一目で解った。で、すぐ態度を改めて、

「先生、今日田中が参りましてね」

「そうだってね」

「お目にかかってお礼を申上げなければならんのですけれども、又改めて上がりますからッて……よろしく申上げて……」

「そうか」

と言ったが、そのままふいと立って書斎に入って了《しま》った。


その恋人が東京に居ては、仮令《たとい》自分が芳子をその二階に置いて監督しても、時雄は心を安んずる暇はなかった。二人の相逢うことを妨げることは絶対に不可能である。手紙は無論差留めることは出来ぬし、「今日ちょっと田中に寄って参りますから、一時間遅くなります」と公然と断って行くのをどうこう言う訳には行かなかった。またその男が訪問して来るのを非常に不快に思うけれど、今更それを謝絶することも出来なかった。時雄はいつの間にか、この二人からその恋に対しての「温情の保護者」として認められて了った。

時雄は常に苛々《いらいら》していた。書かなければならぬ原稿が幾種もある。書肆《しょし》からも催促される。金も欲《ほ》しい。けれどどうしても筆を執って文を綴《つづ》るような沈着《おちつ》いた心の状態にはなれなかった。強《し》いて試みてみることがあっても、考が纏《まとま》らない。本を読んでも二頁《ページ》も続けて読む気になれない。二人の恋の温かさを見る度《たび》に、胸を燃《もや》して、罪もない細君に当り散らして酒を飲んだ。晩餐《ばんさん》の菜が気に入らぬと云って、御膳《おぜん》を蹴飛《けとば》した。夜は十二時過に酔って帰って来ることもあった。芳子はこの乱暴な不調子な時雄の行為に尠《すく》なからず心を痛めて、「私がいろいろ御心配を懸けるもんですからね、私が悪いんですよ」と詫《わ》びるように細君に言った。芳子はなるたけ手紙の往復を人に見せぬようにし、訪問も三度に一度は学校を休んでこっそり行くようにした。時雄はそれに気が附いて一層懊悩《おうのう》の度を増した。

野は秋も暮れて木枯《こがらし》の風が立った。裏の森の銀杏樹《いちょう》も黄葉《もみじ》して夕の空を美しく彩《いろど》った。垣根道には反《そり》かえった落葉がかさかさと転《ころ》がって行く。鵙《もず》の鳴音《なきごえ》がけたたましく聞える。若い二人の恋が愈《いよいよ》人目に余るようになったのはこの頃であった。時雄は監督上見るに見かねて、芳子を説勧《ときすす》めて、この一伍一什《いちぶしじゅう》を故郷の父母に報ぜしめた。そして時雄もこの恋に関しての長い手紙を芳子の父に寄せた。この場合にも時雄は芳子の感謝の情を十分に贏《か》ち得るように勉《つと》めた。時雄は心を欺《あざむ》いて、——悲壮なる犠牲と称して、この「恋の温情なる保護者」となった。

備中《びっちゅう》の山中から数通の手紙が来た。

七

その翌年の一月には、時雄は地理の用事で、上武の境*なる利根河畔《とねかはん》に出張していた。彼は昨年の年末からこの地に来ているので、家のこと――芳子のことが殊《こと》に心配になる。さりとて公務を如何《いかん》ともすることが出来なかった。正月になって二日にちょっと帰京したが、その時は次男が歯を病んで、妻と芳子とが頻《しき》りにそれを介抱していた。妻に聞くと、芳子の恋は更に惑溺《わくでき》の度を加えた様子。大晦日《おおみそか》の晩に、田中が生活のたつきを得ず、下宿に帰ることも出来ずに、終夜運転の電車に一夜を過したということ、余り頻繁《ひんぱん》に二人が往来するので、それをそれとなしに注意して芳子と口争いをしたということ、その他種々のことを聞いた。困ったことだと思った。一晩泊って再び利根の河畔に戻った。

今は五日の夜であった。茫《ぼう》とした空に月が暈《かさ》を帯びて、その光が川の中央にきらきらと金を砕いていた。時雄は机の上に一通の封書を展《ひら》いて、深くその事を考えていた。その手紙は今少し前、旅館の下女が置いて行った芳子の筆である。

先生、

まことに、申訳が御座いません。先生の同情ある御恩は決して一生経《た》っても忘るることでなく、今もそのお心を思うと、涙が滴《こぼ》るるのです。父母はあの通りです。先生があのように仰《おっ》しゃって下すっても、旧風《むかしふう》の頑固《かたくな》で、私共の心を汲《く》んでくれようとも致しませず、泣いて訴えましたけれど、許してくれません。母の手紙を見れば泣かずにはおられませんけれど、少しは私の心も汲んでくれても好いと思います。恋とはこう苦しいものかと今つくづく思い当りました。先生、私は決心致しました。聖書にも女は親に離れて夫に従うと御座います通り、私は田中に従おうと存じます。田中は未《いま》だに生活のたつきを得ませず、準備した金は既に尽き、昨年の暮れは、うらぶれの悲しい生活を送ったので御座います。私はもう見ているに忍びません。国からの補助を受けませんでも、私等は私等二人で出来るまでこの世に生きてみようと思います。先生に御心配を懸けるのは、まことに済みません。監督上、御心配なさるのも御尤《ごもっと》もです。けれど折角先生があのように私等の為めに国の父母をお説き下すったにも係《かかわ》らず、父母は唯無意味に怒ってばかりいて、取合ってくれませんのは、余りと申せば無慈悲です、勘当《かんどう》されても為方《しかた》が御座いません。堕落々々と申して、殆《ほとん》ど歯《よわい》せぬばかりに申しておりますが、私達の恋はそんなに不真面目《ふまじめ》なもので御座いましょうか。それに、家の門地々々と申しますが、私は恋を父母の都合によって致すような旧式の女でないことは先生もお許し下さるでしょう。

先生、

私は決心致しました。昨日、上野図書館で女の見習生が入用だという広告がありましたから、応じてみようと思います。二人して一生懸命に働きましたら、まさかに餓《う》えるようなことも御座いますまい。先生のお家にこうして居ますればこそ、先生にも奥様にも御心配を懸けて済まぬので御座います。どうか先生、私の決心をお許し下さい。

芳子

先生　おんもとへ

恋の力は遂に二人を深い惑溺《わくでき》の淵《ふち》に沈めたのである。時雄はもうこうしてはおかれぬと思った。時雄が芳子の歓心を得る為めに取った「温情の保護者」としての態度を考えた。備中の父親に寄せた手紙、その手紙には、極力二人の恋を庇保《ひほ》して、どうしてもこの恋を許して貰《もら》わねばならぬという主旨であった。時雄は父母の到底これを承知せぬことを知っていた。寧《むし》ろ父母の極力反対することを希望していた。父母は果して極力反対して来た。言うことを聞かぬなら勘当するとまで言って来た。二人はまさに受くべき恋の報酬を受けた。時雄は芳子の為めに飽《あく》まで弁明し、汚れた目的の為めに行われたる恋でないことを言い、父母の中一人、是非出京してこの問題を解決して貰いたいと言い送った。けれど故郷の父母は、監督なる時雄がそういう主張であるのと、到底その口から許可することが出来ぬのとで、上京しても無駄であると云って出て来なかった。

時雄は今、芳子の手紙に対して考えた。

二人の状態は最早一刻も猶予《ゆうよ》すべからざるものとなっている。時雄の監督を離れて二人一緒に暮したいという大胆な言葉、その言葉の中には警戒すべき分子の多いのを思った。いや、既に一歩を進めているかも知れぬと思った。又一面にはこれほどその為めに尽力しているのに、その好意を無にして、こういう決心をするとは義理知らず、情知らず、勝手にするが好いとまで激した。

時雄は胸の轟《とどろ》きを静める為《た》め、月朧《おぼろ》なる利根川の堤の上を散歩した。月が暈《かさ》を帯びた夜は冬ながらやや暖かく、土手下の家々の窓には平和な燈火が静かに輝いていた。川の上には薄い靄《もや》が懸って、おりおり通る船の艪《ろ》の音がギイと聞える。下流でおーいと渡しを呼ぶものがある。舟橋を渡る車の音がとどろに響いてそして又一時静かになる。時雄は土手を歩きながら種々のことを考えた。芳子のことよりは一層痛切に自己の家庭のさびしさということが胸を往来した。三十五六歳の男女の最も味《あじわ》うべき生活の苦痛、事業に対する煩悩《ぼんのう》、性慾より起る不満足等が凄《すさま》じい力でその胸を圧迫した。芳子はかれの為めに平凡なる生活の花でもあり又糧《かて》でもあった。芳子の美しい力に由って、荒野の如《ごと》き胸に花咲き、錆《さ》び果てた鐘は再び鳴ろうとした。芳子の為めに、復活の活気は新しく鼓吹された。であるのに再び寂寞《せきばく》荒涼たる以前の平凡なる生活にかえらなければならぬとは……。不平よりも、嫉妬《しっと》よりも、熱い熱い涙がかれの頰《ほお》を伝った。

かれは真面目に芳子の恋とその一生とを考えた。二人同棲《どうせい》して後の倦怠《けんたい》、疲労、冷酷を自己の経験に照らしてみた。そして一たび男子に身を任せて後の女子の境遇の憐《あわれ》むべきを思い遣《や》った。自然の最奥《さいおう》に秘める暗黒なる力に対する厭世《えんせい》の情は今彼の胸を簇々《むらむら》として襲った。

真面目なる解決を施さなければならぬという気になった。今までの自分の行為《おこない》の甚《はなは》だ不自然で不真面目であるのに思いついた。時雄はその夜、備中の山中にある芳子の父母に寄する手紙を熱心に書いた。芳子の手紙をその中に巻込んで、二人の近況を詳しく記し、最後に、

父たる貴下と師たる小生と当事者たる二人と相対して、此《こ》の問題を真面目に議すべき時節到来せりと存《ぞんじ》候《そうろう》、貴下は父としての主張あるべく、芳子は芳子としての自由あるべく、小生また師としての意見有之《これあり》候、御多忙の際には有之候えども、是非々々御出京下され度《たく》、幾重にも希望仕《つかまつり》候。

と書いて筆を結んだ。封筒に収めて備中国新見《にいみ》町《まち》横山兵蔵様と書いて、傍に置いて、じっとそれを見入った。この一通が運命の手だと思った。思いきって婢《おんな》を呼んで渡した。

一日二日、時雄はその手紙の備中の山中に運ばれて行くさまを想像した。四面山で囲まれた小さな田舎町《いなかまち》、その中央にある大きな白壁造、そこに郵便脚夫が配達す

ると、店に居た男がそれを奥へ持って行く。丈《たけ》の高い、髯《ひげ》のある主人がそれを読む――運命の力は一刻毎に迫って来た。

八

十日に時雄は東京に帰った。

その翌日、備中から返事があって、二三日の中に父親が出発すると報じて来た。芳子も田中も今の際、寧《むし》ろそれを希望しているらしく、別にこれと云って驚いた様子も無かった。

父親が東京に着いて、先《ま》ず京橋に宿を取って、牛込の時雄の宅を訪問したのは十六日の午前十一時頃であった。丁度日曜で、時雄は宅に居た。父親はフロックコートを着て、中高帽を冠《かぶ》って、長途の旅行に疲れたという風であった。

芳子はその日医師へ行っていた。三日程前から風邪《かぜ》を引いて、熱が少しあった。頭痛がすると言っていた。間もなく帰って来たが、裏口から何の気なしに入ると、細君が、「芳子さん、芳子さん、大変よ、お父さんが来てよ」

「お父さん」

と芳子もさすがにはっとした。

そのまま二階に上ったが下りて来ない。

奥で、「芳子は？」と呼ぶので、細君が下から呼んでみたが返事がない。登って行って見ると、芳子は机の上に打伏《うつぶ》している。

「芳子さん」

返事が無い。

傍に行って又呼ぶと、芳子は青い神経性の顔を擡《もた》げた。

「奥で呼んでいますよ」

「でもね、奥さん、私はどうして父に逢《あ》われるでしょう」

泣いているのだ。

「だッて、父様に久し振じゃありませんか。どうせ逢わないわけには行かんのですもの。何アにそんな心配をすることはありませんよ、大丈夫ですよ」

「だッて、奥さん」

「本当に大丈夫ですから、しっかりなさいよ、よくあなたの心を父様にお話しなさいよ。本当に大丈夫ですよ」

芳子は遂に父親の前に出た。鬚《ひげ》多く、威厳のある中に何処《どこ》となく優しいところのある懐《なつ》かしい顔を見ると、芳子は涙の漲《みなぎ》るのを禁《とど》め得なかった。旧式な頑固《がんこ》な爺《おやじ》、若いものの心などの解らぬ爺、それでもこの父は優しい父であった。母親は万事に気が附いて、よく面倒を見てくれたけれど、何故《なぜ》か芳子には母よりもこの父の方が好かった。その身の今の窮迫を訴え、泣いてこの恋の真面目なのを訴えたら父親もよもや動かされぬことはあるまいと思った。

「芳子、暫《しばら》くじゃッたのう……体は丈夫かの？」

「お父さま……」芳子は後を言い得なかった。

「今度来ます時に……」と父親は傍に坐っている時雄に語った。「佐野と御殿場でしたかナ、汽車に故障がありましてナ、二時間ほど待ちました。機関が破裂しましてナ」

「それは……」

「全速力で進行している中に、凄《すさま》じい音がしたと思いましたけえ、汽車が夥《おびただ》しく傾斜してだらだらと逆行しましてナ、何事かと思いました。機関が破裂して火夫が二人とか即死した……」

「それは危険でしたナ」

「沼津から機関車を持って来てつけるまで二時間も待ちましたけえ、その間もナ、思いまして……これの為めにこうして東京に来ている途中、もしもの事があったら、芳（と今度は娘の方を見て）お前も兄弟に申訳が無かろうと思ったじゃわ」

芳子は頭を垂れて黙っていた。

「それは危険でした。それでも別にお怪我もなくって結構でした」

「え、まア」

父親と時雄は暫くその機関破裂のことに就いて語り合った。不図《ふと》、芳子は、

「お父様、家では皆な変ることは御座いません？」

「うむ、皆な達者じゃ」

「母さんも……」

「うむ、今度も私が忙しいけえナ、母に来て貰うように言うてじゃったが、矢張、私の方が好いじゃろうと思って……」

「兄さんも御達者？」

「うむ、あれもこの頃は少し落附いている」

かれこれする中に、午飯《ひるめし》の膳《ぜん》が出た。芳子は自分の室に戻った。食事を終って、茶を飲みながら、時雄は前からのその問題を語り続《つ》いだ。

「で、貴方《あなた》はどうしても不賛成？」

「賛成しようにもしまいにも、まだ問題になりおりませんけえ。今、仮に許して、二人一緒にするに致しても、男が二十二で、同志社の三年生では……」

「それは、そうですが、人物を御覧の上、将来の約束でも……」

「いや、約束などと、そんなことは致しますまい。私は人物を見たわけでありませんけえ、よく知りませんけどナ、女学生の上京の途次を要して途中に泊らせたり、年来の恩ある神戸教会の恩人を一朝にして捨て去ったりするような男ですけえ、とても話にはならぬと思いますすじゃ。この間、芳から母へよこした手紙に、その男が苦しんでおるじゃで、どうか御察し下すって、私の学費を少くしても好いから、早稲田《わ せだ》に通う位の金を出してくれと書いてありましたげな、何かそういう計画で芳がだまされておるんではないですかな」

「そんなことは無いでしょうと思うですが……」

「どうも怪しいことがあるです。芳子と約束が出来て、すぐ宗教が厭《いや》になって文学が好きになったと言うのも可笑《おか》しし、その後をすぐ追って出て来て、貴方などの御説諭も聞かずに、衣食に苦しんでまでもこの東京に居るなども意味がありそうですわい」

「それは恋の惑溺《わくでき》であるかも知れませんから善意に解釈することも出来ますが」

「それにしても許可するのせぬのとは問題になりませんけえ、結婚の約束は大きなことでして……。それにはその者の身分も調べて、此方《こっち》の身分との釣合も考えなければなりませんし、血統を調べなければなりません。それに人物が第一です。貴方の御覧になるところでは、秀才だとか仰《おっ》しゃってですが……」

「いや、そう言うわけでも無かったです」

「一体、人物はどういう……」

「それは却《かえ》って母さんなどが御存じだと言うことですが」

「何アに、須磨《すま》の日曜学校*で一二度会ったことがある位、妻もよく知らんそうですけえ。何でも神戸では多少秀才とか何とか言われた男で、芳は女学院に居る頃から知っておるのでしょうがナ。説教や祈禱《きとう》などを遣《や》らせると、大人も及ばぬような巧いことを遣りおったそうですけえ」

「それで話が演説調になるのだ、形式的になるのだ、あの厭な上目を使うのは、祈禱をする時の表情だ」と時雄は心の中に合点《がてん》した。あの厭な表情で若い女を迷わせるのだなと続いて思って厭な気がした。

「それにしても、結局はどうしましょう？　芳子さんを伴《つ》れてお帰りになりますか」

「されば……なるたけは連れて帰りたくないと思いますがナ。村に娘を伴れて突然帰ると、どうも際立《きわだ》って面白くありません。私も妻も種々村の慈善事業や名誉職などを遣っておりますけえ、今度のことなどがぱっとしますと、非常に困る場合もあるです……。で、私は、貴方の仰《おつ》しゃる通り、出来得べくば、男を元の京都に帰して、此処《ここ》一二年、娘は猶《なお》お世話になりたいと存じておりますじゃが……」

「それが好いですな」

と時雄は言った。

二人の間柄に就いての談話も一二あった。時雄は京都嵯峨《さが》の事情、その以後の経過を話し、二人の間には神聖の霊の恋のみ成立っていて、汚《きたな》い関係は無いであろうと言った。父親はそれを聴《き》いて点頭《うなず》きはしたが、「でもまア、その方の関係もあるものとして見なければなりますまい」と言った。

父親の胸には今更娘に就いての悔恨の情が多かった。田舎《いなか》ものの虚栄心の為めに神戸女学院のような、ハイカラな学校に入れて、その寄宿舎生活を行わせたことや、娘の切なる希望を容《い》れて小説を学ぶべく東京に出したことや、多病の為めに言うがままにして余り検束を加えなかったことや、いろいろなことが簇々《むらむら》と胸に浮んだ。

一時間後にはわざわざ迎いに遣った田中がこの室に来ていた。芳子もその傍《そば》に庇髪《ひさしがみ》を俛《た》れて談話を聞いていた。父親の眼に映じた田中は元より気に入った人物ではなかった。その白縞《しろしま》の袴《はかま》を着け、紺がすりの羽織を着た書生姿は、軽蔑《けいべつ》の念と憎悪《ぞうお》の念とをその胸に漲《みなぎ》らしめた。その所有物を奪った憎むべき男という感は、曽《か》つて時雄がその下宿でこの男を見た時の感と甚だよく似ていた。

田中は袴の襞《ひだ》を正して、しゃんと坐ったまま、多く二尺先位の畳をのみ見ていた。服従という態度よりも反抗という態度が歴々《ありあり》としていた。どうも少し固くなり過ぎて、芳子を自分の自由にする或る権利を持っているという風に見えていた。

談話は真面目《まじめ》にかつ烈《はげ》しかった。父親はその破廉恥《はれんち》を敢《あえ》て正面から責めはしないが、おりおり苦《にが》い皮肉をその言葉の中に交えた。初めは時雄が口を切ったが、中頃から重《おも》に父親と田中とが語った。父親は県会議員をした人だけあって、言葉の抑揚《よくよう》頓挫《とんざ》が中々巧みであった。演説に慣れた田中も時々沈黙させられた。二人の恋の許可不許可も問題に上ったが、それは今研究すべき題目でないとして却《しりぞ》けられ、当面の京都帰還問題が論ぜられた。

恋する二人――殊《こと》に男に取っては、この分離は甚だ辛《つら》いらしかった。男は宗教的資格を全く失ったということ、帰るべく家をも国をも持たぬということ、二三月来飄零《ひょうれい》の結果漸《ようや》く東京に前途の光明を認め始めたのに、それを捨てて去るに忍びぬということなぞを楯《たて》として、頻《しき》りに帰国の不可能を主張した。

父親は懇々として説いた。

「今更京都に帰れないという、それは帰れないに違いない。けれど今の場合である。愛する女子ならその女子の為《た》めに犠牲になれぬということはあるまいじゃ。京都に帰れないから田舎に帰る。帰れば自分の目的が達せられぬというが、其処《そこ》を言うのじゃ。其処を犠牲になっても好かろうと言うのじゃ」

田中は黙して下を向いた。容易に諾《だく》しそうにも無い。

先程から黙って聞いていた時雄は、男が余りに頑固なのに、急に声を励《はげま》して、

「君、僕は先程から聞いていたが、あれほどに言うお父さんの言葉が解らんですか。お父さんは、君の罪をも問わず、破廉恥をも問わず、将来もし縁があったら、この恋愛を承諾せぬではない。君もまだ年が若い、芳子さんも今修業最中である。だから二人は今暫くこの恋愛問題を未解決の中《うち》にそのままにしておいて、そしてその行末を見ようと言うのが解らんですか。今の場合、二人はどうしても一緒には置かれぬ。何方《どっち》かこの東京を去らなくってはならん。この東京を去るということに就いては、君が先ず去るのが至当だ。何故かと謂《い》えば、君は芳子の後を追うて来たのだから」

「よう解っております」と田中は答えた。「私が万事悪いのでございますから、私が一番に去らなければなりません。先生は今、この恋愛を承諾して下されぬではないと仰《おっ》しゃったが、お父様の先程の御言葉では、まだ満足致されぬような訳でして……」

「どういう意味です」

と時雄は反問した。

「本当に約束せぬというのが不満だと言うのですじゃろう」と、父親は言葉を入れて、「けれど、これは先程もよく話した筈《はず》じゃけえ。今の場合、許可、不許可という事は出来ぬじゃ。独立することも出来ぬ修業中の身で、二人一緒にこの世の中に立って行こうと言《い》やるは、どうも不信用じゃ。だから私は今三四年はお互に勉強するが好いじゃと思う。真面目ならば、こうまで言った話は解らんけりゃならん。私が一時を瞞着《まんちゃく》して、芳を他《よそ》に嫁《かたづ》けるとか言うのやなら、それは不満足じゃろう。けれど私は神に誓って言う、先生を前に置いて言う、三年は芳を私から進んで嫁にやるようなことはせんじゃ。人の世はエホバの思召《おぼしめし》次第、罪の多い人間はその力ある審判《さばき》を待つより他《ほか》に為方《しかた》が無いけえ、私は芳は君に進ずるとまでは言うことは出来ん。今の心が許さんけえ、今度のことは、神の思召に適《かな》っていないと思うけえ。三年経《た》って、神の思召に適うかどうか、それは今から予言は出来んが、君の心が、真実真面目で誠実であったなら、必ず神の思召に適うことと思うじゃ」

「あれほどお父さんが解っていらっしゃる」と時雄は父親の言葉を受けて、「三年、君が為めに待つ。君を信用するに足りる三年の時日を君に与えると言われたのは、実にこの上ない恩恵《めぐみ》でしょう。人の娘を誘惑するような奴《やつ》には真面目に話をする必要がないといって、このまま芳子をつれて帰られても、君は一言も恨むせきはないのですのに、三年待とう、君の真心の見えるまでは、芳子を他に嫁けるようなことはすまいと言う。実に恩恵ある言葉だ。許可すると言ったより一層恩義が深い。君はこれが解らんですか」

田中は低頭《うつむ》いて顔をしかめると思ったら、涙がはらはらとその頰《ほお》を伝った。

一座は水を打ったように静かになった。

田中は溢《あふ》れ出《い》ずる涙を手の拳《こぶし》で拭《ぬぐ》った。時雄は今ぞ時と、

「どうです、返事を為《し》給《たま》え」

「私などはどうなっても好うおます。田舎に埋れても構わんどす！」

また涙を拭った。

「それではいかん。そう反抗的に言ったたって為方がない。腹の底を打明けて、互に不満足のないようにしようとする為めのこの会合です。君は達《た》って、田舎に帰るのが厭《いや》だとならば、芳子を国に帰すばかりです」

「二人一緒に東京に居ることは出来んですか？」

「それは出来ん。監督上出来ん。二人の将来の為めにも出来ん」

「それでは田舎に埋れてもようおます！」

「いいえ、私が帰ります」と芳子も涙に声を震わして、「私は女……女です……貴方さえ成功して下されば、私は田舎に埋れても構やしません、私が帰ります」

一座はまた沈黙に落ちた。

暫《しばら》くしてから、時雄は調子を改めて、

「それにしても、君はどうして京都に帰れんのです。神戸の恩人に一伍一什《いちぶしじゅう》を話して、今までの不心得を謝して、同志社に戻ったら好いじゃありませんか。芳子さんが文学志願だから、君も文学家にならんければならんというようなことはない。宗教家として、神学者として、牧師として大《おおい》に立ったなら好いでしょう」

「宗教家にはもうとてもようなりまへん。人に対《むか》って教を説くような豪《えら》い人間ではないでおますで。……それに、残念ですのは、三月の間苦労しまして、実は漸《ようや》くある親友の世話で、衣食の道が開けましたで、……田舎に埋れるには忍びまへんで」

三人は猶《なお》語った。話は遂《つい》に一小段落を告げた。田中は今夜親友に相談して、明日か明後日までに確乎《かっこ》たる返事を齎《もた》らそうと言って、一先《ひとま》ず帰った。時計はもう午後四時、冬の日は暮近く、今まで室の一隅に照っていた日影もいつか消えて了《しま》った。

一室は父親と時雄と二人になった。

「どうも煮えきらない男ですわい」と父親はそれとなく言った。「どうも形式的で、甚だ要領を得んです。もう少し打明けて、ざっくばらんに話してくれると好いですけれど……」

「どうも中国の人間はそうは行かんですけえ、人物が小さくって、小細工で、すぐ人の股《また》を潜《くぐ》ろうとするですわい。関東から東北の人はまるで違うですがナア。悪いのは悪い、好いのは好いと、真情を吐露して了うけえ、好いですけどもナ。どうもいかん。小細工で、小理窟《こりくつ》で、めそめそ泣きおった……」

「どうもそういうところがありますナ」

「見ていさっしゃい、明日きっと快諾しゃあせんけえ、何のかのと理窟をつけて、帰るまいとするけえ」

時雄の胸に、ふと二人の関係に就いての疑惑が起った。男の烈《はげ》しい主張と芳子を己《おの》が所有とする権利があるような態度とは、時雄にこの疑惑を起さしむるの動機となったのである。

「で、二人の間の関係をどう御観察なすったです」

時雄は父親に問うた。

「そうですな。関係があると思わんけりゃなりますまい」

「今の際、確めておく必要があると思うですが、芳子さんに、嵯峨行《さがゆき》の弁解をさせましょうか。今度の恋は嵯峨行の後に始めて感じたことだと言うてましたから、その証拠になる手紙があるでしょうから」

「まア、其処までせんでも……」

父親は関係を信じつつもその事実となるのを恐れるらしい。

運悪く其処に芳子は茶を運んで来た。

時雄は呼留めて、その証拠になる手紙があるだろう、その身の潔白を証する為めに、その前後の手紙を見せ給《たま》えと迫った。

これを聞いた芳子の顔は俄《にわ》かに赧《あか》くなった。さも困ったという風が歴々《ありあり》として顔と態度とに顕《あら》われた。

「あの頃の手紙はこの間皆な焼いて了いましたから」その声は低かった。

「焼いた？」

「ええ」

芳子は顔を俛《た》れた。

「焼いた？　そんなことは無いでしょう」

芳子の顔は愈々《いよいよ》赧《あか》くなった。時雄は激さざるを得なかった。事実は恐しい力でかれの胸を刺した。

時雄は立って厠《かわや》に行った。胸は苛々《いらいら》して、頭脳《あたま》は眩惑《げんわく》するように感じた。欺《あざむ》かれたという念が烈しく心頭を衝《つ》いて起った。厠を出ると、其処に――障子の外に、芳子はおどおどした様子で立っている。

「先生――本当に、私は焼いて了ったのですから」

「うそをお言いなさい」と、時雄は叱《しか》るように言って、障子を烈しく閉めて室内に入った。

九

父親は夕飯の馳《ち》走《そう》になって旅宿に帰った。時雄のその夜の煩悶《はんもん》は非常であった。

欺かれたと思うと、業《ごう》が煮えて為方《しかた》がない。否《いな》、芳子の霊と肉——その全部を一書生に奪われながら、とにかくその恋に就いて真面目《まじめ》に尽したかと思うと腹が立つ。その位なら、——あの男に身を任せていた位なら、何もその処女の節操を尊ぶには当らなかった。自分も大胆に手を出して、性慾の満足を買えば好かった。こう思うと、今まで上天の境《きょう》に置いた美しい芳子は、売女《ばいじょ》か何ぞのように思われて、その体は愚か、美しい態度も表情も卑《いや》しむ気になった。で、その夜は悶《もだ》え悶えて殆《ほとん》ど眠れなかった。様々の感情が黒雲のように胸を通った。その胸に手を当てて時雄は考えた。いっそこうしてくれようかと思うた。どうせ、男に身を任せて汚れているのだ。このままこうして、男を京都に帰して、その弱点を利用して、自分の自由にしようかと思った。と、種々《いろいろ》なことが頭脳《あたま》に浮ぶ。芳子がその二階に泊って寝ていた時、もし自分がこっそりその二階に登って行って、遺瀬《やるせ》なき恋を語ったらどうであろう。危座《きざ》して自分を諫《いさ》めるかも知れぬ。声を立てて人を呼ぶかも知れぬ。それとも又せつない自分の情を汲《く》んで犠牲になってくれるかも知れぬ。さて犠牲になったとして、翌朝はどうであろう、明かな日光を見ては、さすがに顔を合せるにも忍びぬに相違ない。日長《た》けるまで、朝飯をも食わずに寝ているに相違ない。その時、モウパッサンの「父」という短篇を思い出した。ことに少女が男に身を任せて後烈しく泣いたことの書いてあるのを痛切に感じたが、それを又今思い出した。かと思うと、この暗い想像に抵抗する力が他の一方から出て、盛《さかん》にそれと争った。で、煩悶《はんもん》又煩悶、懊悩《おうのう》また懊悩、寝返を幾度となく打って二時、三時の時計の音をも聞いた。

芳子も煩悶したに相違なかった。朝起きた時は蒼《あお》い顔を為《し》ていた。朝飯をも一椀《わん》で止した。なるたけ時雄の顔に逢《あ》うのを避けている様子であった。芳子の煩悶はその秘密を知られたというよりも、それを隠しておいた非を悟った煩悶であったらしい。午後にちょっと出て来たいと言ったが、社へも行かずに家に居た時雄はそれを許さなかった。一日はかくて過ぎた。田中から何等の返事もなかった。

芳子は午飯《ひるめし》も夕飯も食べたくないとて食わない。陰鬱《いんうつ》な気が一家に充《み》ちた。細君は夫の機嫌《きげん》の悪いのと、芳子の煩悶しているのに胸を痛めて、どうしたことかと思った。昨日の話の模様では、万事円満に収まりそうであったのに……。細君は一椀なりと召上らなくては、お腹が空《す》いて為方《しかた》があるまいと、それを侑《すす》めに二階へ行った。時雄はわびしい薄暮を苦《にが》い顔をして酒を飲んでいた。やがて細君が下りて来た。どうしていたと時雄は聞くと、薄暗い室に洋燈《ランプ》も点《つ》けず、書き懸けた手紙を机に置いて打伏《うつぶ》していたとの話。手紙？　誰に遣《や》る手紙？　時雄は激した。そんな手紙を書いたって駄目だと宣告しようと思って、足音高く二階に上った。

「先生、後生《ごしょう》ですから」

と祈るような声が聞えた。机の上に打伏したままである。「先生、後生ですから、もう、少し待って下さい。手紙に書いて、さし上げますから」

時雄は二階を下りた。暫くして下女は細君に命ぜられて、二階に洋燈《ランプ》を点けに行ったが、下りて来る時、一通の手紙を持って来て、時雄に渡した。

時雄は渇したる心を以《もつ》て読んだ。

先生、

私は堕落女学生です。私は先生の御厚意を利用して、先生を欺きました。その罪はいくらお詫《わ》びしても許されませぬほど大きいと思います。先生、どうか弱いものと思ってお憐《あわれ》み下さい。先生に教えて頂いた新しい明治の女子としての務め、それを私は行っておりませんでした。矢張私は旧派の女、新しい思想を行う勇気を持っておりませんでした。私は田中に相談しまして、どんなことがあってもこの事ばかりは人に打明けまい。過ぎたことは為方が無いが、これからは清浄な恋を続けようと約束したのです。けれど、先生、先生の御煩悶が皆な私の至らない為であると思いますと、じっとしてはいられません。今日は終日そのことで胸を痛めました。どうか先生、この憐れなる女をお憐み下さいまし。先生にお縋《すが》り申すより他、私には道が無いので御座います。

芳子

先生　おもと

時雄は今更に地の底にこの身を沈めらるるかと思った。手紙を持って立上った。その激した心には、芳子がこの懺悔《ざんげ》を敢《あえ》てした理由——総《すべ》てを打明けて縋ろうとした態度を解釈する余裕が無かった。二階の階梯《はしご》をけたたましく踏鳴らして上って、芳子の打伏している机の傍に厳然として坐った。

「こうなっては、もう為方がない。私はもうどうすることも出来ぬ。この手紙はあなたに返す、この事に就いては、誓って何人にも沈黙を守る。とにかく、あなたが師として私を信頼した態度は新しい日本の女として恥しくない。けれどこうなっては、あなたが国に帰るのが至当だ。今夜——これから直ぐ父様の処《ところ》に行きましょう、そして一伍一什《いちぶしじゅう》を話して、早速、国に帰るようにした方が好い」

で、飯を食い了《おわ》るとすぐ、支度をして家を出た。芳子の胸にさまざまの不服、不平、悲哀が溢《あふ》れたであろうが、しかも時雄の厳《おごそ》かなる命令に背《そむ》くわけには行かなかった。市ヶ谷から電車に乗った。二人相並んで座を取ったが、しかも一語をも言葉を交えなかった。山下門で下りて、京橋の旅館に行くと、父親は都合よく在宅していた。一伍一什――父親は特に怒りもしなかった。唯《ただ》同行して帰国するのをなるべく避けたいらしかったが、しかもそれより他に路《みち》は無かった。芳子は泣きも笑いもせず、唯、運命の奇《く》しきに呆《あき》るるという風であった。時雄は捨てた積りで芳子を自分に任せることは出来ぬかと言ったが、父親は当人が親を捨ててもというならばいざ知らず、普通の状態に於いては無論許そうとは為なかった。芳子もまた親を捨ててまでも、帰国を拒むほどの決心が附いておらなかった。で、時雄は芳子を父親に預けて帰宅した。

十

田中は翌朝時雄を訪うた。かれは大勢《たいせい》の既に定まったのを知らずに、己の事情の帰国に適せぬことを縷々《るる》として説こうとした。霊肉共に許した恋人の例《ならい》として、いかようにしても離れまいとするのである。

時雄の顔には得意の色が上《のぼ》った。

「いや、もうその問題は決着したです。芳子が一伍一什をすっかり話した。君等は僕を欺いていたということが解った。大変な神聖な恋でしたナ」

田中の顔は俄《にわ》かに変った。羞恥《しゅうち》の念と激昂《げっこう》の情と絶望の悶《もだえ》とがその胸を衝《つ》いた。かれは言うところを知らなかった。

「もう、止《や》むを得んです」と時雄は言葉を続《つ》いで、「僕はこの恋に関係することが出来ません。いや、もう厭《いや》です。芳子を父親の監督に移したです」

男は黙って坐っていた。蒼《あお》いその顔には肉の戦慄《せんりつ》が歴々《ありあり》と見えた。不図《ふと》、急に、辞儀をして、こうしてはいられぬという態度で、此処《ここ》を出て行った。

午前十時頃、父親は芳子を伴うて来た。愈々《いよいよ》今夜六時の神戸急行で帰国するので、大体の荷物は後から送って貰《もら》うとして、手廻の物だけ纏《まと》めて行こうというのであった。芳子は自分の二階に上って、そのまま荷物の整理に取懸った。

　時雄の胸は激してはおったが、以前よりは軽快であった。二百余里の山川を隔て、もうその美しい表情をも見ることが出来なくなると思うと、言うに言われぬ侘《わび》しさを感ずるが、その恋せる女を競争者の手から父親の手に移したことは尠《すくな》くとも愉快であった。で、時雄は父親と寧《むし》ろ快活に種々なる物語に耽《ふけ》った。父親は田舎の紳士によく見るような書画道楽、雪舟、応挙、容斎*の絵画、山陽*、竹田《ちくでん》*、海屋《かいおく》*、茶《さ》山《ざん》*の書を愛し、その名幅を無数に蔵していた。話は自《おのずか》らそれに移った。平凡なる書画物語はこの一室に一時栄えた。

　田中が来て、時雄に逢いたいと言った。八畳と六畳との中じきりを閉めて、八畳で逢った。父親は六畳に居た。芳子は二階の一室に居た。

「御帰国になるんでしょうか」

「え、どうせ、帰るんでしょう」

「芳さんも一緒に」

「それはそうでしょう」

「何時《いつ》ですか、お話下されますまいか」

「どうも今の場合、お話することは出来ませんナ」

「それでは一寸《ちよつと》でも……芳さんに逢わせて頂く訳には参りますまいか」

「それは駄目でしょう」

「では、お父様は何方《どちら》へお泊りですか、一寸番地をうかがいたいですが」

「それも僕には教えて好いか悪いか解らんですから」

取附く島がない。田中は黙って暫《しば》し坐っていたが、そのまま辞儀をして去った。

昼飯の膳《ぜん》がやがて八畳に並んだ。これがお別れだと云うので、細君は殊《こと》に注意して酒肴《さけさかな》を揃《そろ》えた。時雄も別れのしるしに、三人相並んで会食しようとしたのである。けれど芳子はどうしても食べたくないという。細君が説勧《ときすす》めても来ない。時雄は自身二階に上った。

東の窓を一枚明けたばかり、暗い一室には本やら、雑誌やら、着物やら、帯やら、罎《びん》やら、行李《こうり》やら、支那鞄《しなかばん》やらが足の踏《ふ》み度《ど》も無い程に散らばっていて、塵埃《ほこり》の香が夥《おびただ》しく鼻を衝《つ》く中に、芳子は眼を泣腫《なきはら》して荷物の整理を為ていた。三年前、青春の希望湧《わ》くがごとき心を抱《いだ》いて東京に出て来た時のさまに比べて、何等の悲惨、何等の暗黒であろう。すぐれた作品一つ得ず、こうして田舎に帰る運命かと思うと、堪らなく悲しくならずにはいられまい。

「折角支度したから、食ったらどうです。もう暫くは一緒に飯も食べられんから」

「先生――」

と、芳子は泣出した。

時雄も胸を衝《つ》いた。師としての温情と責任とを尽したかと烈《はげ》しく反省した。かれも泣きたいほど侘《わび》しくなった。光線の暗い一室、行李や書籍の散逸せる中に、恋せる女の帰国の涙、これを慰むる言葉も無かった。

午後三時、車が三台来た。玄関に出した行李、支那鞄、信玄袋を車夫は運んで車に乗せた。芳子は栗梅《くりうめ》の被布《ひふ》を着て、白いリボンを髪に挿《さ》して、眼を泣腫《なきはら》していた。送って出た細君の手を堅く握って、

「奥さん、左様なら……私、またきっと来てよ、きっと来てよ、来ないでおきはしないわ」

「本当にね、又出ていらっしゃいよ。一年位したら、きっとね」

と、細君も堅く手を握りかえした。その眼には涙が溢《あふ》れた。女心の弱く、同情の念はその小さい胸に張《みなぎ》り渡ったのである。

冬の日のやや薄寒き牛込の屋敷町、最先《まっさき》に父親、次に芳子、次に時雄という順序

で車は走り出した。細君と下婢とは名残《なごり》を惜んでその車の後影を見送っていた。その後に隣の細君がこの俄《にわ》かの出立を何事かと思って見ていた。猶その後の小路の曲り角に、茶色の帽子を被《かぶ》った男が立っていた。芳子は二度、三度まで振返った。

車が麹町《こうじまち》の通を日比谷へ向う時、時雄の胸に、今の女学生ということが浮んだ。前に行く車上の芳子、高い二百三高地巻、*白いリボン、やや猫背勝なる姿、こういう形をして、こういう事情の下に、荷物と共に父に伴《つ》れられて帰国する女学生はさぞ多いことであろう。芳子、あの意志の強い芳子でさえこうした運命を得た。教育家の喧《やかま》しく女子問題を言うのも無理はない。時雄は父親の苦痛と芳子の涙とその身の荒涼たる生活とを思った。路行く人の中にはこの荷物を満載して、父親と中年の男子に保護されて行く花の如《ごと》き女学生を意味ありげに見送るものもあった。

京橋の旅館に着いて、荷物を纏《まと》め、会計を済ました。この家は三年前、芳子が始めて父に伴れられて出京した時泊った旅館で、時雄は此処に二人を訪問したことがあった。三人はその時と今とを胸に比較して感慨多端であったが、しかも互に避けて面《おもて》にあらわさなかった。五時には新橋の停車場に行って、二等待合室に入った。混雑また混雑、群集また群集、行く人送る人の心は皆空《そら》になって、天井に響く物音が更に旅客の胸に反響した。悲哀《かなしみ》と喜悦《よろこび》と好奇心とが停車場の到《いた》る処に巴渦《うず》を巻いていた。一刻毎《ごと》に集り来る人の群、殊に六時の神戸急行は乗客が多く、二等室も時の間に肩摩《けんま》轂撃《こくげき》*の光景となった。時雄は二階の壺屋《つぼや》からサンドウィッチを二箱買って芳子に渡した。切符と入場切符も買った。手荷物のチッキも貰った。今は時刻を待つばかりである。

この群集の中に、もしや田中の姿が見えはせぬかと三人皆思った。けれどその姿は見えなかった。

ベルが鳴った。群集はぞろぞろと改札口に集った。一刻も早く乗込もうとする心が燃えて、焦立《いらだ》って、その混雑は一通りでなかった。三人はその間を辛《かろ》うじて抜けて、広いプラットホオムに出た。そして最も近い二等室に入った。

後からも続々と旅客が入って来た。長い旅を寝て行こうとする商人もあった。呉《くれ》あたりに帰るらしい軍人の佐官もあった。大阪言葉を露骨に、喋々《ちょうちょう》と雑話に耽《ふ》ける女連もあった。父親は白い毛布を長く敷いて、傍に小さい鞄を置いて、芳子と相並んで腰を掛けた。電気の光が車内に差渡って、芳子の白い顔がまるで浮彫のように見えた。父親は窓際《まどぎわ》に来て、幾度も厚意のほどを謝し、後に残ることに就いて、万事を嘱《しょく》した。時雄は茶色の中折帽、七子《ななこ》の三紋《みつもん》の羽織という扮装《いでたち》で、窓際に立尽していた。

発車の時間は刻々に迫った。時雄は二人のこの旅を思い、芳子の将来のことを思った。その身と芳子とは尽きざる縁《えにし》があるように思われる。妻が無ければ、無論自分は芳子を貰ったに相違ない。芳子もまた喜んで自分の妻になったであろう。理想の生活、文学的の生活、堪え難き創作の煩悶《はんもん》をも慰めてくれるだろう。今の荒涼たる胸をも救ってくれる事が出来るだろう。「何故《なぜ》、もう少し早く生れなかったでしょう、私も奥様時分に生れていれば面白かったでしょうに……」と妻に言った芳子の言葉を思い出した。この芳子を妻にするような運命は永久その身に来ぬであろうか。この父親を自分の舅《しゅうと》と呼ぶような時は来ぬだろうか。人生は長い、運命は奇《く》しき力を持っている。処女でないということが――一度節操を破ったということが、却《かえ》って年多く子供ある自分の妻たることを容易ならしむる条件となるかも知れぬ。運命、人生――曽《かつ》て芳子に教えたツルゲネーフの「プニンとバブリン」*が時雄の胸に上《のぼ》った。露西亜《ロシア》の卓《すぐ》れた作家の描いた人生の意味が今更のように胸を撲《う》った。

時雄の後に、一群の見送人が居た。その蔭《かげ》に、柱の傍に、いつ来たか、一箇の古い中折帽を冠った男が立っていた。芳子はこれを認めて胸を轟《とどろ》かした。父親は不快な感を抱いた。けれど、空想に耽《ふけ》って立尽した時雄は、その後にその男が居るのを夢にも知らなかった。

車掌は発車の笛を吹いた。

汽車は動き出した。

十一

さびしい生活、荒涼たる生活は再び時雄の家に音信《おとず》れた。子供を持てあまして喧《やかま》しく叱《しか》る細君の声が耳について、不愉快な感を時雄に与えた。

生活は三年前の旧《むかし》の轍《わだち》にかえったのである。

五日目に、芳子から手紙が来た。いつもの人懐《なつ》かしい言文一致でなく、礼儀正しい候文《そうろうぶん》で、

「昨夜恙《つつが》なく帰宅致し候儘《まま》御安心被下度《くだされたく》、此《こ》の度《たび》はまことに御忙しき折柄種々御心配ばかり相懸け候うて申訳も無之《これなく》、幾重にも御詫《おわび》申上候、御前に御高恩をも謝し

奉《たてまつ》り、御詫《おわび》も致し度候いしが、兎《と》角《かく》は胸迫りて最後の会合すら辞《いな》み候心、お察し被下度候、新橋にての別離、硝子戸《ガラスど》の前に立ち候毎に、茶色の帽子うつり候ようの心地致し、今猶《なお》まざまざと御姿見るのに候、山北辺より雪降り候うて、湛井《たたい》よりの山道十五里、悲しきことのみ思い出《い》で、かの一茶が『これがまアつひの住家か雪五尺』の名句痛切に身にしみ申候、父よりいずれ御礼の文奉り度存居《ぞんじおり》候えども今日は町の市日《いちび》にて手引き難く、乍失礼《しつれいながら》私より宜敷《よろしく》御礼申上候、まだまだ御目汚し度きこと沢山に有之候えども激しく胸騒ぎ致し候まま今日はこれにて筆擱《お》き申候」と書いてあった。

　時雄は雪の深い十五里の山道と雪に埋れた山中の田舎町とを思い遣《や》った。別れた後そのままにして置いた二階に上った。懐《なつ》かしさ、恋しさの余り、微《かす》かに残ったその人の面影《おもかげ》を偲《しの》ぼうと思ったのである。武蔵野《むさしの》の寒い風の盛《さかん》に吹く日で、裏の古樹には潮の鳴るような音が凄《すさま》じく聞えた。別れた日のように東の窓の雨戸を一枚明けると、光線は流るるように射《さ》し込んだ。机、本箱、罎《びん》、紅皿《べにざら》、依然として元のままで、恋しい人はいつもの様に学校に行っているのではないかと思われる。時雄は机の抽斗《ひきだし》を明けてみた。古い油の染《し》みたリボンがその中に捨ててあった。時雄はそれを取って匂《にお》いを嗅《か》いだ。暫《しばら》くして立上って襖《ふすま》を明けてみた。大きな柳行李が三箇細引で送るばかりに絡《から》げてあって、その向うに、芳子が常に用いていた蒲団《ふとん》*――萌黄《もえぎ》唐草《からくさ》の敷蒲団と、綿の厚く入った同じ模様の夜着とが重ねられてあった。時雄はそれを引出した。女のなつかしい油の匂いと汗のにおいとが言いも知らず時雄の胸をときめかした。夜着の襟《えり》の天鵞絨《びろうど》の際立《きわだ》って汚れているのに顔を押附けて、心のゆくばかりなつかしい女の匂いを嗅《か》いだ。

性慾と悲哀と絶望とが忽《たちま》ち時雄の胸を襲った。時雄はその蒲団を敷き、夜着をかけ、冷めたい汚れた天鵞絨の襟に顔を埋めて泣いた。

薄暗い一室、戸外には風が吹暴《ふきあ》れていた。

（明治四十年九月）

重右衛門の最後

一

五六人集ったある席上で、どういう拍子か、ふと、魯西亜《ロシヤ》の小説家イ・エス・ツルゲネーフの作品に話が移って、ルウジンの末路や、バザロフの性格などに、いろいろ興味の多い批評が出た事があったが、その時なにがしという男が、急に席を進めて、「ツルゲネーフで思い出したが、僕は一度猟夫手記の中にでもありそうな人物に田舎《いなか》で邂逅《でつくわ》して、非常に心を動かした事があった。それは本当に、我々がツルゲネーフの作品に見る魯西亜の農夫そのままで、自然の力と自然の姿とをあの位明かに見たことは、僕の貧しい経験には殆《ほとん》ど絶無と言って好い。よく観察すれば、日本にも随分アントニイ・コルソフや、ニチルトッフ・ハーノブのような人間はあるのだ」と言って話し出した。

二

まアずっと初めから話そう。自分が十六の時始めて東京に遊学*に来た頃の事だから、もう余程古い話だが、その頃麴町《こうじまち》の中六番町に速成学館という小さな私立学校があった。英学、独逸《ドイツ》学、数学、漢学、国学、何でも御座れの荒物屋で、重《おも》に陸軍士官学校、幼年学校の試験応募者の為めに必須の課目を授くるという、今でも好く神田、本郷辺《へん》の中通《なかどおり》に見るまことにつまらぬ学校で、自分等が知ってから二年ばかり経《た》って、その学校は潰《つぶ》れて了《しま》い、跡には大審院の判事か何かが、その家を大修繕して、裕《ゆた》かに生活しているのを見た。けれどその古風な門は依然たる昔のままで、自分は小倉《こくら》*の古袴《ふるばかま》の短いのを着、肩を怒《いか》して、得々《とくとく》としてその門に入って行ったと思うと、言うに言われぬ懐《なつ》かしい心地がして、その時分のことが簇々《むらむら》と思い出されるのが例《つね》だ。で、どうして自分がその学校に通う事に為《な》ったかと言うと、それは自分が陸軍志願であったからで自分の兄は非常な不平家のところから、規則正しい学校などに入って、二年も三年も懸って修業するのなら誰にでも出来る、貴様は少くともそんな意気地の無い真似《まね》を為《し》てはならぬ。何でも早く勉強して、来年にも幼年学校に入るようにしなければ、一体男児《おとこ》の本分が立ぬではないか。と言った風に油を懸けられたので、それで当時規則正しい、陸軍志願の学生には唯一《ゆいいつ》の良校と言われた市谷の成城学校にも入らずに、態々《わざわざ》速成という名に惚《ほ》れて、そのつまらぬ学校の生徒と為ったのであった。今から思うと、随分愚かな話ではあるが、自分はいくらか兄の東洋豪傑流の不平に感化されておったから、それを好い事と深く信じ、来年は必ず幼年学校に入らなければならぬと頻《しき》りに学問を励んでいた。

忘れもせぬ、自分のその学校に行って、頬《ほお》に痣《あざ》のある数学の教師に代数の初歩を学び始めて、まだ幾日《いくか》も経ぬ頃に、新《あらた》に入学して来た二人の学生があった。一人は髪の毛の長い、色の白い、薄痘痕《うすあばた》のある、背の高い男で、風采《ふうさい》は何所《どこ》となく田舎臭いところがあるが、その柔和な眼色《めつき》の中《うち》には何所となく人を引付ける不思議の力が籠《こも》っていて、一見して、僕は少なからず気に入った。一人はそれとは正反対に、背の低い、色の浅黒い瘦《やせ》こけた体格で、その顔には極《ご》く単純な思想が顕《あら》われているばかり、低頭勝《うつむきがち》なる眼には如何《いか》なる空想の影をも宿しているようには受取れなかった。二人とも綿《めん》の交った黒の毛糸の無意気《ぶいき》な襟巻《えりまき》を首に巻付けて、旧《ふる》い旧い流行後《おく》れの黒の中高帽を冠《かぶ》って（学生で中高帽などを冠っているものは今でも少い）それで、傍《そば》で聞いては、何とも了解《わか》らぬような太甚《はなはだ》しい田舎訛《いなかなまり》で、互に何事をか声高く語り合うので、他の学生等はいずれも腹を抱《かか》えて笑わぬものは無い。

「イット、エズ、エ、デック」

とナショナルの読本《リードル》*の発音がどうしても満足に出来ぬので、二人はしたたか苦しんでいたが、ある日、教師から指名されて、「ズー、ケット、ラン」と読方を初めると……、

生徒は一同どっと笑った。

漢学の素読《そどく》の仕方がまた非常に可笑《おか》しかった、文章軌範*の韓退之《かんたいし》*の宰相《さいしょう》に上《たてまつ》るの書をその時分我々は読んでおったが、それを一種可笑しい、調子を附けずにはどうしても読めぬので、それが始まるといつも教場を賑《にぎ》わすの種《たね》とならぬ事は無かったのである。

ある日、自分が課業を終って、あたふたとその学校の門を出て行くと、自分より先にその田舎の二人がまるで兄弟でもあるかの様に、肩と肩とを摩合《すりあわ》せて、頻りに何事をか話しながら歩いて行く。

声を懸けようと思ったけれど、黙って自分は先へ行って了った。

次の日も二人睦《むつま》しそうに並んで行く。

矢張声を懸けなかった。

次の日も……

又その次の日も矢張同じように肩を摩り合せて、同じようにさも睦しそうに話し合って行くので、彼等は一体何所《どこ》に行くのかしらん、自分等の帰る方角に帰って行くのかしらんと思いながら、ふと、

「君達は何処《どこ》です」

と突然尋ねた。

急に答は為《せ》ずに丁寧に会釈《えしやく》してから、

「私等《わしらあ》ですか、私等は四谷《よつや》の塩町《しおちょう》に居るんでがすア」

と背の高い方がおずおず答えた。

「僕も四谷の方に行くんだ！」

と自分も言った。その頃自分は牛込の富久町《とみひさちょう》に住んでいたので、其処《そこ》に帰るには是非四谷の塩町は通らなければならぬ。否《いな》、四谷の大通には夜などよく散歩に出懸《でかく》

る事がある身の、塩町附近の光景には一方《ひとかた》ならず熟している。玩弄屋《おもちやや》の隣に可愛《かわい》い娘の居る砂糖屋、その向うに松風亭という菓子屋、鍛冶屋《かじや》、酒屋、その前に新築の立派な郵便電信局……。

二三歩歩いてから、

「塩町って、……僕はよく知ってるが、塩町の何処です、君達の居る家は……」

「塩町の……湯屋の二階に来て居るんでさア」

「湯屋って言えば、あの角に柳のある？」

「左様でがさア」

「それじゃ僕も入った事がある湯屋だ。彼処《あすこ》には背の低い、にこにこした妻君が居る筈《はず》だ」

「好く知っていやすナア」

と驚いた様子。

「それじゃ、いつでも僕が帰る道だから、これから一所に帰ろうじゃありませんか」

「そう願えりゃ、はア結構だす……」

と背の低い方が答えた。

又二三歩黙って歩いた。

「それで君達の国は一体何処です？」

「私等の国ですか、私等の国は信州でがすが……」

「信州の何処？」

「信州は長野の在でがすア」

「何時東京《いつこっち》に来たのです」

「去年の十二月、来たんですが、山中《やまんなか》から、はア出て来たもんだで、為体《えてい》が分らないでえら困りやした」

「塩町の湯屋は親類ですか」

「親類じゃありゃしねえが、村の者で、昔村で貧乏した時分、私等の親が大層世話をした事がある男でさア。十年前に国元ア夜逃げする様にして逃げて来ただが、今じゃえら身代《しんだい》のう拵《こしら》えて、彼地処《あすこ》でア、まア好い方だって言うたが、人の運て言うものは解らねえものだす」

自分はこの時からこの二人に親しく為ったので、段々話を為てみると、言うに言われぬ性質の好いところがあって、背の高い方は田舎者に似合わぬ才をも有《も》っているし、又背の低い方は自分と同じく漢詩を作る事を知っているので、一月もその同じ道を伴立《つれだ》って帰る中《うち》には、十年も交った親友のように親しくなって、互の将来の思想も語り合えば、互の将来の目的も語り合って、時間の都合で一所に帰られぬ時は非常に寂しく感ずるという程の交情になって了った。自分は四谷御門の塵埃《ほこり》の間を歩きながら、幾度二人に向って、陸軍志願を勧めたであろうか。幾度二人に漢学の修養の必要を説いたであろうか。自分はその頃兄に教わっていた白文《はくぶん》*の八家文《はっかぶん》*の難解の処を読み下し、又は即席に七絶を賦《ふ》*して、大いに二人を驚かした。ことに背の低い山県行三郎《やまがたこうざぶろう》というのは、自分の漢詩に巧であることを知って、喜んでその自作の漢詩を示し、好くその故郷《ふるさと》の雪の景色を説明して自分に聞かせた。自分の若い空想に富んだ心はどんなにその二人の故郷の雪景色なるものを想像したであろうか。二人は言うのである。自分の故郷は長野から五里、山又山の奥でその景色の美しさは、とても都会の人の想像などでは解りこは無《ね》えだアと。否、そればかりではない、背の低い山県は学問の時間の間に、その古い手帳をひろげて、其処に描かれたる拙《つたな》い一枚の写生図を示し、これが私の家、これが杉山君の家、ここにこんもりと茂っているのは村の鎮守、それから少し右に寄って同じ木立《こだち》のあるのは安養寺という村の寺、私等の逃げて来たのは（かれ等は親の許さぬのに、青雲《せいうん》の志《こころざし》に堪えかねて脱走して来たのである）十二月の十三日の夜で、地上には雪が四五尺も積って、それの堅く氷ってる上に、月が寒く美しく照り渡って、何とも言えない光景だった。私は杉山君と昼間約束しておいたから、鎮守の向うに行って待っていると、やがて杉山君は遣《や》って来る。二人連れ立って歩み出す。追手のかからぬように為《す》るには何でも夜の中に長野に行って、明日の一番の汽車に乗らなければならぬ。と言うので、一生懸命に歩いたが、村が見えなくなった時はさすがに胸が少し迫って、親達はさぞ驚く事であろう。こんな無理な事を為ないでも、打明けて頼んだなら、公然東京に出してくれるであろうと思った……などという事を自分に話した。自分はいよいよ空想を逞《たくましゅ》うして、その村、その静かな山の中の村に一度は是非行ってみたいと、その頃から自分の胸はその山中の一村落に向って波打《なみうち》つつあったので……。猶《なお》詳しく聞くと、その村には尾谷川《おたにがわ》という清い渓流もあるという。その岸には水車が幾個となく懸っていて、春は躑躅《つつじ》、夏は卯《う》の花、秋は薄《すすき》とその風情《ふぜい》に富んでいることは画にも見ぬところであるそうな。又その村の山の畠《はたけ》には一面雪ならぬ蕎麦《そば》の花が咲き揃《そろ》って、秋風のさびしくその上を吹き渡る具合など君でも行ったなら、どんなに立派な詩が出来るか知れぬとの事。ああ本当にその仙境はどんな処であろうか。山と山とが重り合って、其処に清い水が流れて、朴訥《ぼくとつ》な人間が鋤《すき》を荷《にな》って夕日の影にてくてくと家路をさして帰ってゆく光景。それを想像すると、空想は空想に枝葉を添えて、何だか自分の眼の前には西洋の読本《リーダー》の中の仙女《フエリー》の故郷がちらついてどうも為らぬ。

三

二人の寄寓《きぐう》している塩町の湯屋の二階、其処《そこ》に間もなく自分は行くようになった、二階は十二畳敷二間《ふたま》で、階段《はしご》を上ったところの一間の右の一隅《かたすみ》には、欅《けやき》の眩々《てらてら》した長火鉢《ながひばち》が据えられてあって、鉄の五徳《ごとく》に南部の錆《さ》びた鉄瓶《てつびん》が二箇《ふたつ》懸って、その後にしっかりした錠前《じょうまえ》の附いた総桐《そうぎり》の箪笥《たんす》がさも物々しく置かれてある。総じて室《へや》の一体の装飾《かざり》が、極く野暮な商人《あきゅうど》らしい好みで、その火鉢の前にはいつもでっぷりと肥った、大きい頭の、痘痕面《あばたづら》の、大縞《おおしま》の褞袍《どてら》を着た五十ばかりの中老漢《ちゅうおやじ》が趺坐《あぐら》をかいて坐っているので、それが又自分が訪《たず》ねると、いつも笑いながら丁寧に会釈を為《す》るのが常であった。この主人公が即《すなわ》ち二人の山の中から出身した昔の無頼漢《ぶらいかん》なるもので、二十年前には村の中にもその五尺の身を置く事が出来なかったのであるが、人間の運というものは解らぬ者で、二十九歳の時に夜逃を為《し》て、この東京に遣《や》って来て、蕎麦屋《そばや》の担夫《かつぎ》、質屋の手伝、湯屋の三助とそれからそれへと辛抱して、今ではとにかく一軒の湯屋の主人と成り済《すま》して、財産の二三千も出来たという、まア感心すべき部類に入れても差支《さしつかえ》ない人間であった。であるから自分の村の者と言えば、随分一肌《ひとはだ》抜いで、力にもなって遣るので、その山の中から来た失意の人間は、多くはこれを便《たよ》って来て、三助から段々湯屋の主人に立身しようとしている人間も随分あるという事だ。全体信濃《しなの》のその二人の故郷というのは、越後《えちご》の方にその境を接しているから、出稼《でかせぎ》という一種の冒険心にはこの上もなく富んでいるので、また現在その冒険に成功して、錦《にしき》を故郷に飾った例《ためし》はいくらも眼の前に転《ころが》っているから、志を故郷に得ぬものや、貧窶《ひんる》の境《きょう》に沈淪《ちんりん》してどうにもこうにもならぬ者や、自暴自棄に陥った者や、乃至《ないし》は青雲の志の烈《はげ》しいものなどは、あたかも渓流の大海《だいかい》に向って流れ出《い》ずるが如《ごと》く、日夜都会に向って身を投ずるのを躊躇《ちゅうちょ》しないのであった。ああこの山中の民の冒険心。

で、自分は愈《いよいよ》その山中の二人の青年と親しくなって、果ては殆《ほとん》ど毎日のようにその二階を訪問した。春はやや過ぎて、夕の散歩の好時節になると、自分はよく四谷の大通を散歩して、帰りには必ずその柳のある湯屋に寄ってみる。すると、二階の上から田舎の太神楽《だいかぐら》に合せる横笛の声がれろれろ、ひーひゃらりと面白く聞えて、月がその物干台の上に水の如く照り渡って、その背の低い山県の姿が、明かな夜の色の中に黒くくっきりと際立《きわだ》って見える。

「おい、山県君!」

と下から声を懸ける。

と……笛の音《ね》がばったり止《や》む。

「誰だか」

と続いて田舎訛《いなかなまり》の声。

「僕、僕、富山《とみやま》!」

「富山君か、上《あが》んなはれ」

その物干台! その月の照り渡った物干台の上で、自分等はどんなにその美しい夜を語り合ったであろうか。今頃は私等の故郷でもあの月が三峯《みつみね》の上に出て、鎮守の社《やしろ》の広場には、若い男や若い女がその光を浴びながら何のかのと言って遊び戯《たわむ》れているであろう。斑尾山《まだらおさん》の影が黒くなって、村の家々より漏るる微《かす》かな燈火《ともしび》の光！ああ帰りたい、帰りたいと山県は懐郷の情に堪えないように幾度もいう。自分もどんなにその静かな山中の村を想像したであろうか。

半年程立った頃、自分は又その同じ村の青年の脱走者を二人から紹介された。顔の丸い、髪の前額《ひたい》を蔽《おお》った二十一二の青年で、これは村でも有数の富豪の息子《むすこ》であるという事であった。けれど自分は杉山からその新脱走者の家の経歴を聞いたばかり、別段二人ほど懇意にはならなかった。杉山の言うところによると、その根本《ねもと》(青年の名は根本行輔《こうすけ》と言うので) の家柄は村ではさ程重きを置かれていないので、今でこそ村第一の富豪《かねもち》などと威張っているが、親父の代までは人が碌々《ろくろく》交際も為《し》ない程の貧しい身分で、その親父は現に村の鎮守の賽銭《さいせん》を盗んだ事があって、その二十七八の頃には三之助 (親父の名) は村の為めに不利な事ばかり企《たく》らんでならぬ故《ゆえ》いっそ筵《こも》に巻いて千曲川《ちくまがわ》に流して了《しま》おうではないかと故老の間に相談されたほどの悪漢であったという事である。それがある時、その頃の村の俄分限《にわかぶんげん》*の山田という老人に、貴様も好い年齢《とし》をして、いつまで村の衆に厄介を懸けているという事もあるまい。もう貴様も到底村では一旗挙げる事は難《むずか》しい身分だから、一つ奮発して、江戸へ行って皆の衆を見返って遣《や》ろうという気は無いか。私《わし》などを見なされ、一度は随分村の衆に馬鹿にされて、口惜《くや》しい口惜しいと思ったが、今ではどうやらこういう身になって、人にも立てられる様になった。三之助、貴様は本当に一つ奮発してみる気は無いか。と懇々説諭されて、鬼の眼に涙を拭《ふ》き拭き、餞別《せんべつ》に貰《もら》った金を路銀にして、それで江戸へ出て来たが、二十年の間に、どう転んで、どう起きたか、五千という金を攫《つか》んで帰って来て、田地を買う、養蚕を為る、金貸を始める、瞬《また》く間に一万の富豪《しんだい》！　だから、村では根本の家をあまり好くは言わぬので、その賽銭箱の切取った処には今でも根本三之助窃盗と小さく書いてあって、金を二百円出すから、どうかそれを造り更《か》えてくれろと頼んでも、村の故老は断乎《だんこ》としてそれに応じようともせぬとの事である。その長男がまた新しい青雲を望んで、ひそかに国を脱走するというのは……何と面白い話では無いか。

けれど自分がこの三人と交際したのは纔《わず》か二年に過ぎなかった。山県は家が余り富んでいない為《た》め、学資が続かないで失望して帰って了うし、根本は家から迎いの者が来て無理往生に連れて行って了うし、唯一人杉山ばかり自分と一緒にその志を固く執《と》って、翌年の四月陸軍幼年学校の試験に応じたが自分は体格で不合格、杉山はまた学科で失敗して、それからというものは自分等の間にもいつか交通が疎《うと》くなり、遂《つい》には全く手紙の交際になって了った。杉山は猶暫《なおしばら》く東京に滞《とどま》っていた様子であったが、耳にするその近状はいずれも面白からぬ事ばかりで、やれ吉原通《よしわらがよい》を始めたの、筆屋の娘をどうかしたの、日本授産館の山師に騙《だま》されて財産を半分程失《な》くしたのと全く自暴自棄に陥ったような話であった。それから一年程経《た》って失敗に失敗を重ねて、茫然《ぼんやり》田舎に帰って行ったそうだが、間もなく徴兵の鬮《くじ》が当って高崎の兵営に入ったという噂《うわさ》を聞いた。

四

五年は夢の如く過ぎ去った。

その五年目の夏のある静かな日の事であった。自分は小山から小山の間へと縫うように通じている路《みち》を喘《あえ》ぎ喘ぎ伝って行くので、前には僧侶《そうりよ》の趺坐《ふざ》したような山が藍《あい》を溶《とか》したような空に巍然《ぎぜん》として聳《そび》えていて、小山を開墾した畑には蕎麦《そば》の花がもうそろそろその白い美しい光景を呈し始めようとしていた。空気はこの上も無く澄んで、四面の山の涼しい風が何処《どこ》から吹いて来るとも無く、自分の汗になった肌を折々襲って行くその心地好さ！　これは山でなければ得られぬ賜《たまもの》と、自分はそれを真袖《まそで》に受けて、思うさま山の清い瀏気《けいき》を吸った。十年都会の塵《ちり》にまみれて、些《いささか》の清い空気をだに得ることの出来なかった自分は、長野の先の牟礼《むれ》の停車場で下りた時、その下を流るる鳥居川の清渓と四辺《あたり》を囲む青山の姿とに、既に一方《ひとかた》ならず心を奪われて、世にもかかる自然の風景もあることかと坐《そぞ》ろに心を動かしたのであるが、渓《たに》橋《ばし》を渡り、山嶺《さんれい》をめぐり、進めば進むほど、行けば行くだけ、自然の大景は丁度尽きざる絵巻物を広げるが如く、自分の眼前に現われて来るので、自分は益々《ますます》興を感じて、なるほどこれでは友が誇ったのも無理ではないと心《しん》から思った。

小山と小山との間に一道の渓流、それを渡り終って、猶《なお》その前に聳えている小さい嶺《みね》を登って行くと、段々四面《あたり》の眺望《ちょうぼう》がひろくなって、今まで越えて来た山と山との間の路が地図でも見るように分明《はっきり》指点せらるると共に、この小嶺《しょうれい》に塞《ふさ》がれて見得なかった前面の風景も、俄《にわ》かにパノラマにでも向ったようにはっと自分の眼前に広げられた。

上州境の連山が丁度屏風《びょうぶ》を立廻《たてまわ》したように一帯に連《つらな》り渡って、それが藍《あい》でも無ければ紫でも無い一種の色に彩《いろど》られて、ふわふわとした羊の毛のような白い雲がその絶巓《ぜってん》からいくらも離れぬあたりに極《きわ》めて美しく靡《なび》いている工合、何とも言えぬ。そして自分のすぐ前の山の、又その向うの山を越えて、遥《はる》かに帯を曳《ひ》いたような銀《しろがね》の色のきらめき、あれは恐らく千曲《ちくま》の流れで、その又向うに続々と黒い人家の見えるのは、大方中野の町であろう。と思って、ふと少し右に眼を移すと、千曲川の沿岸とも覚しきあたりに、絶大なる奇山の姿！

何と言う山かしらん……と自分は少時《しばらく》その好景に見惚《みと》れていた。

ふと背負籠《しょいかご》を負った中老漢《ちゅうおやじ》が向うから上《のぼ》って来たので、

「あの山は？」

と指《ゆび》さして尋ねた。

「あれでがすか、あれははア、飯山《いいやま》の向うの高社山《こうしゃざん》と申しやすだア」

あれが高社山！　よく友の口から聞いたと思うと、その時の事が簇々《むらむら》と思い出されて今更その頃が懐《なつ》かしい。その頃はその仙境を何時《いつ》尋ねて行かれるであろうか、或《あるい》は一生尋ねて行く事が出来ぬかも知れぬなどと思っていたが、五年後の今日こうして尋ねて行くとは、如何《いか》に縁の深い事であろう。

「塩山村《しおやまむら》へはまだ余程あるかね」

「塩山へかね」と背負籠を傍《かたわら》の石の上に下して、腰を伸しながら、「塩山へは此処《ここ》からまだ二里と言いやすだ。あの向うの大《でか》い山の下に小《こま》い山が幾箇《いくつ》となく御座らっしょう。その山中《やまんなか》だアに……」

「塩山に根本という家はあるかね」

と自分は更に尋ねた。

「根本……御座らしゃるとも、根本ていのア、塩山では一等の丸持大尽《まるもちだいじん》*でごわすア」と答えて、更に、「で貴郎《あんた》ア、根本さア処《とけ》の御客様《おきやくさん》かね」

「其処《そこ》に行輔という子息《むすこ》が有るだろう？」

「御座らっしゃる」と言って吸い懸けた烟草《たばこ》の烟《けむり》を不細工な獅子鼻《ししばな》からすうと出し、「大尽どこの子息に似合ねえ堅い子息でごわすア、何でも東京へ行かしった時にア、それでも四五百も遣《や》ったという噂《うわさ》だが、それから堅くなって、今じゃ村でも評判ものでごわす」

「一体汝《おまえ》は何処だね？　塩山かね」

「いんにゃ、塩山ではごへん、その一つ前の村の倉沢でごわす」

「もう根本は女房《かみさん》を持ったろう」

「嬶《かか》さまでごわすか、持ちましたとも、……えいと……あれは確か三年前で、芋子《いもこ》村《むら》の大尽の娘さアだ」

「子供は？」

「まだごわしねえ、もう出来そうな者だって此間《こねえだ》も父様《とつさま》えらく心配《しんぺい》のう為《し》で御座らしゃったけ」

「それでは山県というのも知ってるだろう」

「山県――はア学校の先生様《さん》だア、私等が餓児《がき》も先生様の御蔭《おかげ》にはえらくなってるだア。好《え》い優しい人で、はア」

「それでは杉山はどうしてるね」

「えらく、貴郎ア、塩山の人の名前知って御座らっしゃるだア。貴郎ア、若い者等が東京に出た時懇意に為《な》すっていた先生だかね……」

　言懸けてじろじろと自分の顔を見て、

「……杉山の子息……あれア、今は徴集されて戦争《いくさ》（日清《にっしん》戦争）に行ってるだ。あの山師にゃ、村ではもう懲々《こりごり》しているだア。長野に興業館という東京の山師の出店《でだな》みていなものを押立《おった》てて、薬材《くすり》で染物のう御始《おっぱじ》めるって言って、何も知らねえ村の者を騙《だま》くらかして、何でもはア五六千円も集めただア。それを皆な妾《めかけ》を置いたり、芸妓《げいしゃ》を家に引摺込《ひきずりこ》んだり、遊廓《ゆうかく》に毎晩のように行ったり、一月ばかりの中に滅茶々々にしてしまっただア。……恐ろしい虚言家《うそつき》でナ、私等も既《すんで》の事欺騙《だまくら》かされるところでごわした」

「家は今どうしてるね」

「家でごすか、余程あれの為めに金のう打遣《ぶっつか》ったでがすが爺様《とっさま》まだ確乎《しっかり》して御座らっしゃるし、二十年前までは村一番の大尽だったで、まだえらく落魄《おちぶれ》ねえで暮して御座るだ」

と言ったが、ふと思出した様に、

「塩山っていう村は、昔からえらく変り者を出す所でナア、それが為《た》めに身代《しんだい》を拵《こしら》える者は無《ね》えではねいだが、困った人間も随分出るだア」

「今でも困った人間が居るかね」

中老漢《ちゅうおやじ》は岩の上に卸した背負籠を担《にな》って、そのまま歩き出そうとしていたが、自分に尋ねられて、

「つい、今もそれで大騒ぎをしているだア」

と言った。

そして、その大騒の何を意味しているかを語らずに、そのまま急いで向うへと下りて行って了《しま》った。自分は猶少時《しばらく》其処に立って、六年前の友がどんな生活を為《し》ているであろうかという事、その妻は如何《いか》なる人で、その家は如何なる家で、その家庭はどんな具合であるかという事などを思うと、種々《いろいろ》なる感想が自分の胸に潮《うしお》のように集って来て、その山中の村が何だか自分と深い宿縁を有《も》っているような気が為て、どうも為《な》らぬ。

一時間後には、自分はもうその懐《なつ》かしい村近く歩いていた。なるほど山又山と友の言ったのも理《ことわり》と思わるるばかりで、渓流はその重り合った山の根を根気よく曲り曲って流れているが、或ところには風情《ふぜい》ある柴の組橋《くみはし》、或るところには竜《たつ》の住みそうな深い青淵《あおふち》、或は激湍沫《げきたんあわ》を吹いて＊盛夏猶寒しという白玉《はくぎょく》の渓《たにがわ》、或は白簾虹《はくれんにじ》を掛けて全山皆動くがごとき飛瀑《ひばく》の響、自分は幾度足を留めて、幾度激賞の声を挙げたか

知れぬ。で、その曲り曲った渓流に添って、涼しい水の調《しらべ》に耳を洗いながら、猶三十分程も進んで行くと、前面《むこう》が思いも懸けず俄《にわ》かに開けて、小山の丘陵のごとく起伏している間に、黄稲《こうとう》の実れる田、蕎麦《そば》の花の白き畑、鬱蒼《こんもり》と茂れる鎮守の森、ところどころに碁石を並べたように、散在している茅葺《かやぶき》の人家。

手帳の画がすぐ思出された。

ああこの静かな村！　この村に向って、自分の空想勝なる胸はどんなに烈《はげ》しく波打ったであろうか。六年間、思いに思って、さて今のこの一瞥《いちべつ》。

殊《こと》に、自分は世の塵の深きに泥《まみ》れ、久しく自然の美しさに焦《こが》れた身、それが今思うさまその自然の美を占める事が出来る身となったではないか。この静かな村には世に疲れた自分をやさしく慰めてくれる友二人まであるではないか。

顧ると、夕日は既に低くなって、後の山の影は遠くその鎮守の森に及んでいる。空はいよいよ深碧《ふかみどり》の色を加えて、野中の大杉の影はくっきりと線を引いたように、その午後の晴やかな空に聳《そび》えている。山県の家は何でもその大杉の陰と聞いていたので、自分は眼を放ってじっと其方《そなた》を打見やった。

静かな村！

五

と思った途端、ふと自分の眼に入ったものがある。大杉の陰に簇々《むらむら》と十軒ばかりの人家が黒く連《つらな》っていて、その向うの一段高い処《ところ》に小学校らしい大きな建物があるが、その広場とも覚しきあたりから、二道の白い水が、碧《みどり》なる大空に向って、丁度大きな噴水器を仕掛たごとく、盛《さかん》に真直《まっすぐ》に迸出《へいしゅつ》している。そしてその末が美しく夕日の光にかがやき渡って見える。

「あれは何だね」

折から子供を背負った十歳《とお》ばかりの洟垂《はなたら》しの頑童《わんぱく》が傍《そば》に来たので、怪んで自分は尋ねた。

「あれア、喞筒《ポンプ》だい」

と言ったが、見知らぬ自分の姿にそのまま走って行って了《しま》った。

なるほど喞筒《ポンプ》に相違ない。けれどこの静かな山中の村にあのような喞筒！　火事などは何十年有ろうとも思われぬこの山中に、あのような喞筒の練習！　自分は何だか不思議なような気が為《し》て仕方が無かったが、これは只何の意味も無い練習に止《とど》まるのであろうと解釈して、そのままその村へと入って行った。先《まず》最初に小さい風《ふ》情《ぜい》ある渓橋《たにばし》、その畔《ほとり》に終日動いている水車、婆様《ばあさん》の繰車《いとぐるま》を回しながら片手間に商売をしている駄菓子屋、養蚕の板籠《いたかご》を山のごとく積み重ねた間口の広い家、娘の唄《うた》を歌いながら一心に機《はた》を織ている小屋など、一つ一つ顕《あら》われるのを段々先へ先へと歩いて行くと、高低定らざる石の多い路《みち》の凹処《くぼみ》には、水がまるで洪水の退《ひ》いた跡でもあるかのように満ち渡って、家々の屋根は雨あがりの後のごとく全く湿《うるお》い尽している。

否、そればかりではない、それから大凡《およそ》十間ばかり離れたところには、新しい一箇《ひとつ》の赤塗の大きな喞筒が据えられてあって、それから出ている一箇のズックの管《くだ》は後の尾谷《おたに》の渓流に通じ、二箇《ふたつ》の径五寸ばかりの管は大空に向って烈《はげ》しい音を立てながら、盛んに迸出《へいしゅつ》しているのを認めた。

その周囲《まわり》には村の若者が頬《ほお》かぶりに尻はしょりという体《てい》で、その数大凡《およそ》三十人ばかり、全く一群《ひとむれ》に為《な》って、頻《しき》りにそれを練習している様子である。喞筒の水を汲《く》み上げるもの、ズックの管を荷《にな》うもの、管の尖《さき》を持って頻りに度合を計っているもの、やれ今少し力を入れろの、やれ管が少し横に曲るの、やれ洩《も》るの、やれ冷いのと、それは一方《ひとかた》ならぬ大騒で、世話人らしい印半纏《しるしばんてん》を着た五十格好《かっこう》の中老漢《ちゅうおやじ》が頻りにそれを指図《さしず》しているにも拘《かか》わらず、一同はまだ好く喞筒の遣《つか》い方に慣れぬと覚しく、管から迸出する水を思う所に遣《や》ろうとするには、まだ余程困難らしい有様が明かに見える。一同は今水を学校の屋根に濺《そそ》ごうとしているので、頻りに二箇の管をその方向に向けつつあるが、一度《ひとたび》はそれが屋根の上を越えて、遠く向うに落ち、一度は見当違いに一軒先の茅葺《かやぶき》屋根を荒し、三度目には学校の下の雨戸へしたたか打ち付けた。

「やあ！」

と後で喝采《かっさい》した。

見ると、路の傍、家の窓、屋根の上、樹《き》の梢《こずえ》などに老若男女殆《ほとん》ど全村の人を尽したかと思わるるばかりの人数が、この山中に珍らしい喞筒の練習を見物する為めに驚くばかり集っているので、旨《うま》く行ったとては、喝采し、拙《まず》く行ったとては、喝采し、やれ管がどうしたの、やれ誰さんがずぶ濡《ぬ》れになったのと頻りに批評を加えるのであった。

余り面白いので、自分は思わず立留ってそれを見た。この多い若者の中《うち》に自分の友が交っていはせぬかとも思わぬではなかったが、さりとて別段それを気にも留めずに、只余念なく見惚《みと》れていた。自分の前には川に浸《つ》けてある方の管が蛇《へび》のたくったように蟠《わだかま》って、その中を今しも水が烈しい力で通って行くと覚しく、針のような隙間《すきま》から、しゅうしゅうと音して烈しく余流が迸出している。で、一同はやっとの思いで、その目的の学校の屋根に涼しい一雨を降らせたが、ふとその群の一人──古い手拭《てぬぐい》を被《かぶ》って縞《しま》の単衣《ひとえ》を裾《すそ》短かに端折《はしょ》った──が何か用が出来たと見えて、急いで自分の方へ下りて来た……と……思うと、二人は顔を見合せた。

「おや、君じゃ無いか」

と自分は言った。

「やア富山……さん！」

と根本行輔は驚いて叫んだ。

まるきり六年逢《あ》わぬのだが、その風貌《ふうぼう》といい、その態度といい、更に昔に変らぬので、これを見ても、山中の平和が、直ぐ自分の脳に浮んだ。

渠《かれ》は限りなき喜悦《よろこび》の色をその穏かな顔に呈して、頻りに自分の顔を見ていたが、不図《ふと》傍《かたわら》に立っているその家の家童《かどう》らしい十四五の少年を呼び近づけて、それに、この御客様を丁寧に家に案内せよという事を命じ、さて自分に向っては、

「失礼だすが、村の若い者でこんな事を遣り懸けていますだで……一足先に家に行って休んでいて下され。もうすぐ済むだで、跡から直きに参じますだに」

自分は小童に導かれて、そのまま根本行輔の家へと行った。一方稲の穂の豊年らしく垂れている田、一方甜瓜《まくわうり》の旨《うま》そうに熟している畠の間の細い路を爪先《つまさき》上りにだらだらとのぼって行くと、丘と丘との重り合った処の、やや低く凹《くぼ》んだ一帯の地に、一棟《むね》の茅葺《かやぶき》屋根と一つの小さい白壁造の土蔵とがあって、その後には欅《けやき》の十年ほど経《た》った疎《まば》らな林、その周囲には、蕎麦《そば》や、胡瓜《きゆうり》や唐瓜《とうなす》や、玉蜀黍《とうもろこし》などを植えた畠、猶《なお》近づくと、路の傍に田舎《いなか》には何処にも見懸ける不潔な肥料溜《こやしだめ》があって、それから薪《まき》を積み重ねた小屋、雑草の井桁《いげた》の間に満遍なく生えている古い井《いど》、高く夕日の影に懸って見える桔槹《はねつるべ》、猶その前に、鍬《くわ》や鋤《すき》を洗う為めに一間四方ばかり水溜《みずため》が穿《うが》たれてあるが、これはこの地方に特有で、この地方ではこれを田池《たねけ》と称《とな》えて、その深さは殆《ほとん》ど人の肩を没するばかり、鯉《こい》、鮒《ふな》の魚類をもその中に養って、時には四五尺の大きさまで育てる事もあるという話。周囲には萱《かや》やら、薄《すすき》やらの雑草が次第もな

く生い茂って水際には河骨、撫子などが、やや濁った水にあたってその美しい影をうつして、いるという光景であった。山県の話に、自分が十五六の悪戯盛《いたずらざかり》には相棒の杉山とよくこの田池《たねけ》の鯉を荒して、一夜に何十尾という数を盗んで、殆ど仕末に困った事があったとの事を聞いておったが、その所謂《いわゆる》田池がこんな小さな汚穢《きたな》い者とは夢にも思っておらなかった。否、その友の家——村一番の大尽の家をもこんな低い小さいものとは？

ふと見ると、その田池に臨んで、白い手拭を被《かぶ》った一人の女が、頻《しき》りに草刈鎌《くさかりがま》を磨《と》いでいる。

「神《かみ》さまア、旦那様《だんなさア》に吩咐《いいつ》かって、東京の御客様ア伴《つ》れて来ただア」

と小童は突如《だしぬけ》に怒鳴った。

女は驚いて顔を上げた。何処と言って非難すべきところは無いが、色の黒い、感覚の乏しい、黒々と鉄漿《おはぐろ》を附けた、割合に老《ふ》けた顔で、これが友の妻とすぐ感附いた自分は、友の姿の小さく若々しいのに比べて、いかにこの妻の丈《たけ》高く、体格の大きいかという事に思い及んだ。これは大方東京で余り「老いたる夫と若い妻」との一行を見馴《みな》れた故《せい》であろう。

自分はその妻の手に由《よ》って、直ちに友の父なる人に紹介された。父なる人は折しも鋸《のこぎり》や、鎌や、唐瓜《とうなす》や、糸屑《いとくず》などの無茶苦茶に散《ち》らばっている縁側に後向に坐って、頻りに野菜の種を選分《えりわ》けているが、自分を見るや、兼ねて子息《むすこ》から噂《うわさ》に聞いておった身の、さも馴々しく、

「これはこれは東京の先生——好《よ》う、まア、この山中《やまんなか》に」

という調子で挨拶《あいさつ》された。

さすがは若い頃江戸に出て苦労したという程あって、その人を外《そら》さぬ話し振、その莞爾《にこにこ》と満面に笑《えみ》を含んだ顔色《かおつき》など、一見して自分はその尋常ならざる性質を知った。輪廓《りんかく》の丸い、眼の鋭い、鼻の尖《とが》った顔のつくりで、体格はまるで相撲取《すもうとり》でもあるかのように、でっぷりと肥《ふと》って、体重は二十貫目以上もあろうかと思われるばかりであった。これが当年の無頼漢《ぶらいかん》、当年の空想家、当年の冒険家で、一度はこの平和な村の人々に持余されて、菰《こも》に包んで千曲川に投込まれようとまで相談された人かと思うと、自分は悠遠《ゆうえん》なる人生の不可思議を胸に覚えずにはいられぬので。

この時、奴僕《どぼく》らしい三十前後の顔の汚い男が駆けて遣って来て、

「大旦那《おおだんな》さア、がいに暑いんで、馬が疲れて、寝そべって、起きねえが、はアどう

為《す》べい」

と叫んだ。

「また寝そべったか、困るだなア、汝《われ》、余り劇《ひど》く虐使《こきつか》うでねえか」

「虐使うどころか、此間《こねえだ》も寝反《ねそべ》ったたから、四俵つけるところを三俵にして来ただアが」

「何処《どけ》へ寝反ってるだ」

「孫右衛門どんの垣《かきね》の処の阪で、寝反ったままどうしても起きねえだ。己《おら》あどうかして起すべい思って、孫右衛門さん許《とこ》へ頼みに行っただが、少《ちいせ》い娘《あま》っ子《こ》ばかりで、どうする事も為得《しえ》ねえだ」

「仕方の無《ね》え奴等《やつら》だ」

と罵倒《ばとう》したが、傍《そば》に立っている子息《むすこ》の妻に向って、

「じゃ御客様にはえらい失礼だが、私《わし》あ馬を起しに行って来るだあから、お前は御客様を奥に通して、行輔が帰って来るまで、緩《ゆっく》り御休ませ申しておけ」

自分に向っては、

「それじゃ、先生様失礼しやす！」

自分の挨拶をも聞かず、

「一所に歩《あゆ》べ……おい、作公、何を愚図々々してやがるんだ？」

と怒鳴りながら走って行った。

同時に自分は奥の一室へと案内される。奥の一室――なるほど此処《ここ》は少しは整頓《せいとん》している。床の間にはどんな素人《しろうと》が見ても贋《にせ》と解りきった文晁《ぶんちよう》*の山水《さんすい》が懸っていて、長押《なげし》には孰《いず》れ飯山《いいやま》あたりの零落《おちぶれ》士族から買ったと思われる槍《やり》が二本、さも不遇を嘆じたように黒く燻《くすぶ》って懸っている。けれど都とは違って、造作は確乎《しつかり》としているし、天井は高く造られてあるから風の流通もおのずから好く、只、馬小屋の蠅《はえ》さえ此処まで押寄せて来なければ、中々居心の好い静かな室《へや》であるのだが……

やがて妻君は茶器を運んで来たが、おずおずと自分の前に坐って、そして古くなった九谷焼の急須《きゆうす》から、三十目くらいの茶を汲んで出した。

「田舎は静かで好いですナア」

と自分はそれとなく言うと、

「いいえ、静かどころでは、……この頃は、はア、えらく物騒で……」

「どうしてです」

と自分は怪んで尋ねた。

「この頃は、はア、えらく火事があるんで、夜もゆっくり寝てはいられないで、はア」

「どうしてです？」

「どうしてという訳《わけ》も無《ね》えだすが……」

と躊躇《ためら》うのを、

「放火《つけび》なのですか」

「はア」

「誰か悪い者でもあるんですか」

「はア、悪い者があって、どうも困りきりますだア」

暫時沈黙《しばらくだんまり》。

「はア」と自分は緩《ぬる》い茶を一杯啜《すす》ってから、「それでですナア、今喞筒《ポンプ》を稽古《けいこ》しているのは？」

「貴郎《あんた》さアも見て御座らしゃっただか、火事が、はア、毎晩のようにあって、物騒で、仕方が無《ね》えものだで、村で、割前で金のう集めて、漸《ようや》く東京から昨日喞筒が出来て来ただア」

「東京から喞筒?」

「はア、昨日出来て来たばかしで……村にゃもう何十年と火事なんぞは無いだで、喞筒なんぞは有りませんだったが、今度は、はア仕方が無《ね》えのでごわす。そして、今夜にも火事が打始《ぶっぱじま》らねえ者でも無《ね》えというので、若い者が午《ひる》から学校へ寄り集《あ》つて、喞筒の稽古を為《し》ているんでごわす。……」と少時《しばし》途絶えて、「でも、……大方水は撒《ま》いたようだで、もう直き帰って来るでごわしょう」

と言ったが、更に気を更《か》えて、

「まア、御疲れだしょうに、緩《ゆっ》くり横にでも成って休まっしゃれ。牟礼《むれ》には三里には遠いだすから」

と古い黒塗の枕《まくら》を出して、そして挨拶して次の室《ま》へ下った。

見ると、中々好い眺望《ちょうぼう》である。地位が高いので、村の全景がすっかり手に取るように見えて、尾谷川の閃々《きらきら》と夕日にかがやく激湍《げきたん》や、三ツ峯《みね》の牛の臥《ね》たように低く長く連《つらな》っている翠微《すいび》や、猶《なお》少し遠く上州境の山が深紫の色になって連り亘《わた》っている有様や、ことに、高社山《こうしゃざん》の卓《すぐ》れた姿が、此処《ここ》から見ると、一層魁偉《かいい》の趣《おもむき》を呈しているので、その雲煙の変化が少なからず、自分の心を動かしたのであった。ああこの平和な村！　ああこの美しい自然！　と思うとすると、今言った妻君の言葉がゆくりなく簇々《むらむら》と自分の胸に思い出された。この平和な村に喞筒《ポンプ》！　この美しい村に放火！　殊《こと》に何十年とそんな例《ためし》が無かったというこの村に！　これは何か意味が無くてはならぬ。これは必ず不自然な事があったに相違ないと自分は思った。空想勝なる自分の胸は今しもこの山中にも猶絶えない人生の巴渦《うずまき》の烈《はげ》しきを想像して転《うた》た一種の感に撲《うた》れたのであった。

六

「放火《つけび》が流行《はや》るッて言うが、一体どうしたんです？」

こう言って自分は友に訊《たず》ねた。これは一時間程前、友はその喞筒《ポンプ》の稽古《けいこ》から帰って来て、いろいろ昔の事や、よくこんな山中《やまんなか》に来てくれたという事や、余り突然なので吃驚《びっくり》したという事や、六年ぶりの何やかやを殆《ほとん》ど語り尽した後で、自分の前には地酒の不味《まずい》のながら、二三本の徳利が既に全く倒されてあって、名物の蕎麦《そば》が、椀《わん》に山盛に盛られてある。妻君は、田舎《いなか》流儀の馳走振《ちそうぶり》に、日光塗の盆を控えて、隙《すき》が有ったなら、切込もうと立構えているので、既に数回の太刀打《たちうち》に一方《ひとかた》ならず参っている自分は、太《いた》くそれを恐れているのであった。友も稍《やや》酔った様子で、漸《ようや》く戸外《おもて》の闇《くら》くなって行くのを見送っていたが、不意に、こう訊ねられて、われに返ったという風で、

「本当に困って了《しま》うですア、夜も碌々《ろくろく》寝られないのですから」

「それで、一体、犯罪者が解らんのかね？」

「それア、もう彼奴《きやっ》と極《きま》って、いるんだが……」

「何故《なぜ》、捕縛しないのだね？」

「それが田舎ですア……」と友は言葉を意味あり気に長く曳《ひ》いて、「駐在所《ちゅうざいしょ》に巡査ア、一人来ている事はいるんだすが、田舎の巡査なんていう者は、暢気《のんき》な者だで、嫌疑《けんぎ》が懸ったばかりでは、捕縛する事ア出来ん。現行犯でなければ……とこう言って済ましておりやすだア。一体、巡査先生の方がびくびくしているんで御座《ごわ》すア、だもんだで、彼奴《きやっ》ア、好い気に為《な》って、始めからでは、もう十五六軒もツン燃やしましたぜ」

「十五六軒！」

「この小さい村、皆な合せても百戸位しか無《ね》いこの小さい村に、十五六軒ですだで、村開闢《かいびゃく》以来の珍事として、大騒《おおさわぎ》を遣っておりますだア」

「それはそうだろう」

少時《しばらく》経《た》ってから、

「で、一体、その悪漢《わるもの》は何者だね、村の者かね」

「はア、村の者でさア」

「村の者で、それでそんな大胆な事を為《す》るというのは、其処《そこ》に何か理由がある事だろうが……」

「何アに、はア御話にも何にもなりゃしやせん。放蕩者《どらもの》で、性質《たち》が悪くって、五六年も前から、もう村の者ア、相手に仕なかったんでごすから」

「まだ若いのかね」

「いや、もう四十二三……」

「それじゃ分別盛《ふんべつざかり》だのに……」

と自分は深く考えた。

「御口にア、合いますめいけど、何にもがアせんだに、せめて、蕎麦など上っておくれんし」

と妻君は盆を出した。

自分はもう十分であるという事を述べて、そして蕎麦の椀を保護すべく後に遣《や》った。それでは御酒《ごしゅ》でもと妻君は徳利を取上げたので、それをも辞義してはと、前のを飲干して一杯受けた。

「それにしても……」と自分は口を開いて、「十何回も放火を為《す》るのに、一度位実行しているところを見付けそうなものですがナア」

「それが、彼奴《きやつ》が実行するのなら、無論見付けない事は無いだすが、彼奴の手下に娘《あま》っ子《こ》が一人居やして、そいつが馬鹿に敏捷《すばしっこ》くって、まるで電光《いなずま》か何ぞのようで、とても村の者の手には乗らねえだ」

「それは奴の本当の娘なんですか」

「否《いや》、今年の春頃から、嚊代《かかあがわ》りに連れて来たんだという話で、何でも、はア、芋沢《いもさわ》あたりの者だって言う事だす。此奴《こいつ》が仕末におえねえ娘《あま》っ子《こ》で、稚《ちい》さい頃から、親も兄弟もなく、野原で育った、まるで獣《けだもの》といくらも変らねえと云う話で、何でも重右衛門（嫌疑者の名）が飯綱原《いいつなはら》で始めて春情《いいこと》を教えたとか言《いう》んで、それからは、村へ来て、嗅の代りを勤めているが、これが実に手におえねえだ。重右衛門が自身手を下すのでなく、この獣のような娘《むすめ》っ子《こ》に吩咐《いいつ》けて火を放《つ》けさせるのだから、重右衛門と言う事が解っていても、それを捕縛するという事は出来ず、さればと言って、娘っ子は敏捷《すばしこく》って、捕える事は猶々《なおなお》出来ず、殆ど困ってしまったでがすア」

「年齢《とし》は何歳《いくつ》位？」

「まだ漸《や》っと十七位のもんだしょう」

「それが捕える事が出来ないとは！　高が娘《むすめ》っ子《こ》一人」

「知らない人はそう思うのは無理は無いだす。高が娘《あま》っ子《こ》一人、それを捕える事が出来ぬとは、余り馬鹿々々しくって話にも何にも為《な》らない様だが、それを知って御覧なされ、それは実に驚いたもので、今其処《そこ》に居たかと思うと、もう一里も前に行っているという有様、若い者などがよく村の中央《まんなか》で邂逅《でっくわ》して、石などを投《ほう》りつけて遣《や》る事が幾度《いくたび》もあるそうだすが、中々一人や二人では敵《かな》わない。反対《あべこべ》に眉間《みけん》に石を叩《たた》き付けられて、傷を負った者は幾人《いくたり》もある。それで此方《こっち》が五人六人、十人と数が多くなると、屋根でも、樹でも、するすると攀上《よじのぼ》って、まるで猫ででもあるかのように、森と言わず、田と言わず、川と言わず、直ちに遁《に》げて身を隠して了う。それは実に驚くべき者ですア」

この時、ふと、

「やあ！」

と言って庭から入って来た者があった。見ると、それは懐《なつか》しい山県行三郎君で、自分が来たという事を今少し前に知らせて遣ったものだから、万事を差措《さしお》いて急いで遣って来たのであった。夏の夕は既に暮れて、夕暮の海の様に晴れ渡った大空には、星が降るように閃《きら》めいているが、十六日の月は稍《やや》遅く、今しも高社山《こうしやざん》の真黒な姿の間から、その最初の光を放とうとして、その先鋒《せんぽう》とも称すべき一帯の余光を既に夜霧の深い野に山に漲《みなぎ》らしていた。四辺《あたり》はしんとして、しっとりとして、折々何とも形容の出来ない涼しい好い風が、がさがさと前の玉蜀黍《とうもろこし》の大きな葉を動かすばかり、いつも聞えるという虫の声さえ今宵《こよい》はどうしてか音を絶った。でも、黙って、静かに耳を欹《そばだ》てると、遠くでさらさらと流れている尾谷川の渓流の響が、何だか他界から来るある微妙な音楽でも聞くかのように、極《きわ》めて微《かす》かに聞えている。

疎《まば》らな鎮守の森を透《とお》して、閃々《きらきら》する燈火の影が二つ三つ見え出した頃には、月が已《すで》にその美しい姿を高社山の黒い偉大なる姿の上に顕《あら》わしていて、その流るるような涼しい光は先《ま》ず第一に三峯《みつみね》の絶巓《いただき》とも覚しきあたりの樹立《こだち》の上を掠《かす》めて、それから山の陰に偏《かたよ》って流るる尾谷の渓流には及ばずに直ちに丘の麓《ふもと》の村を照し、それから鎮守の森の一端を明かに染めて、漸《ようや》く自分等の前の蕎麦の畑に及んでいる。洋燈《ランプ》をさえ点《つ》けなければ、その光は我等の清宴の座に充ちているに相違ないのである。

山県が来たので、一座の話に花が咲いて、東京の話、学校の話、英語の話、詩の話、文学の話、それからそれへと更にその興《きょう》は尽きようともせぬ。果ては、自分は興に堪えかねて、常々暗誦《あんしょう》している長恨歌《ちょうごんか》*を極めて声低く吟じ始めた。

「この良夜を如何《いか》んですナア」

と山県はしみじみ感じたように言った。

この時鎮守の森の陰あたりから、夜を戒《いまし》める柝木《ひょうしぎ》の音がかちかちと聞えて、それが段々向うへ向うへと遠《とお》ざかって行く。

「今夜の柝木番は誰だえ、君じゃ無かったか」

と根本は山県に訊ねた。

「私《わし》だったけれど、……富山君が来たと謂《い》うから、松本君に頼んで、代って貰《もら》ったんです。その代り今夜十時から二時間ばかり忍び*の方を勤めさせられるのだ」

「僕も二時から起される訳になっているんだが」と言って、急に言葉を変えて、

「それから、先程《さっき》聞くと、昼間あの娘っ子が喞筒《ポンプ》の稽古を見ていたと言うが、それア、本当かね」

「本当とも……総左衛門どんの家の角の処《とこ》で、莞爾笑《にこにこ》いながら見てけっかるだ。余り小癪《こしゃく》に触《さわ》るって言うんで、何でも五六人ばかりで、擲《なぐ》りに懸った風なもんだが、巧にその下を潜《くぐ》って狐のように、ひょんひょん遁《に》げて行って了ったそうだ。……それから重右衛門も来て見物していたじゃないか」

「重右衛門も？」

「あの野郎、何処《どこ》まで太いんだか、見物しながら、駐在所の山田に喧嘩《けんか》みたような事を吹懸《ふっか》けていたっけ。何んだ、この藤田重右衛門が駐在所の巡査なんか恐れやしねえ、何んだ村の奴等ア、喞筒なんて、騒ぎやがって、それよりア、この重右衛門に、お酒《みき》でも上げた方が余程効能《ききめ》があるんだ。ッて、大きな声で吸《ぬか》していやがったっけ。何でも酒を余程飲んでいた風だった」

「誰が酒を飲ましたのかしらん」

「誰がッて……野郎、又威嚇《おどし》文句で、又兵衛（酒屋の主人）の許《とこ》へ行って、酒の五合も喰《くら》って来たんだ」

「困り者だナア」

と根本は心《しん》から独語《つぶや》いた。

「それから、言うのを忘れたが、……先程《さっき》此処に来る時、あの森の傍で、がさがさ音が為《す》るから、何かと思って、よく見ると、あの娘っ子め、何かまごまご捜している。此奴《こいつ》怪しいと思ったから、何を為《し》てるんだ！　と態《わざ》と大《でか》い声を懸けて遣った。すると、猫のような眼で、ぎょろッと僕を見て、そしてがさがさと奥の方に身を隠して了った。まるで獣に些《ちっ》とも違わない！……それから、私は、会議所に行って、これこれだから注意してくれと言って来た」

自分は二人の会話を聞きながら、山中の平和という事と、人生の巴渦《うずまき》という事を取留《とりとめ》もなく考えていた。月は段々高くなって、水の如《ごと》き光は既に夜の空に名残《なごり》なく充《み》ち渡って、地上に置き余った露は煌々《きらきら》とさも美しく閃《きら》めいている。さらぬだに寂《せき》寞《ばく》たる山中の村はいよいよしんとして了って、虫の音と、風の声と、水の流るる調べの外には更に何の物音も為《せ》ぬ。

一時間程経《た》った。

すると、不意に、この音も無くしんとした天地を破って、銅鑼《どら》を叩《たた》いたなら、こういう厭《いや》な音が為《す》るであろうと思われる間の抜けたしかも急な鐘の乱打の響！

二人は愕然《ぎょっ》とした。

「又遣付《やっつ》けた！」

と忌々《いまいま》しそうに叫んで、根本の父は一散に駆けて行った。

「粂《くめ》さんの家《とこ》だア、粂さんの家だア」

と、誰か向うの畔《あぜ》を走りながら、叫ぶ者がある。山県はちらと見たが、「あ、僕の家らしい！」と叫んで、そして跣足《はだし》のまま、慌《あわ》てて飛出した。

根本も続いて飛出した。

見ると、月の光に黒く出ている鎮守の森の陰から、やや白けた一通の烟《けむり》が蜃気楼《しんきろう》のように勢よく立のぼって、その中から紅《あか》い火が長い舌を吐いて、家の燃える音がぱちぱちと凄《すさま》じく聞える。山際《やまぎわ》の寺の鐘も続いて烈《はげ》しく鳴り始めた。

一散に自分も駆け出した。

七

田の畔《くろ》を越えて、丘の上を抜けて、谷川の流を横《よこぎ》って、前から、後から、右から、左から、その方向に向って走り行く人の群、それが丁度大海に集るごとく、鎮守の森の陰の路《みち》へと進んで来るので、平生《いつも》ならば人も滅多に来ない鎮守の森の裏山は全く人の影を以て塡《うず》められて了《しま》った。自分は駆出す事は駆出したが、今日来たばかりで道の案内も好く知らぬ身の、余り飛出し過ぎて思いも懸けぬ災難に逢《あ》っては為《な》らぬと思ったから、そのまま少し離れた、小高いところに身を寄せて、無念ながら、手を束《つか》ねて、友の家の焼けるのをじっと見ていた。

眼前に広げられた一場の光景！　今燃えているのは丁度鎮守の森の東表に向った、大きな家で、火は既にその屋《やね》に及んでいるけれど、まだすっかり燃え出したという程ではなく、半分燃え懸けた窓からは、燻《くすぶ》った黒い色の烟《けむり》がもくもくと凄《すさま》じく迸《ほとばし》り出《い》でて、それがすっかり火に為ったならば、下の二三軒の家屋は勿論《もちろん》、前の白壁の土蔵も危くはありはせぬかと思われるばかりであった。けれど消防組はまだ一向見えぬ様子で、昼間盛んに稽古《けいこ》していたその新調の喞筒《ポンプ》も、まだその現場に駆け付けてはおらなかった。暫時《しばらく》すると、燻《くすぶ》っていた火は恐ろしく凄じい勢でぱっと屋根の上に燃え上る……と……四辺《あたり》が急に真昼のように明くなって、其処等《そこら》に立っている人の影、辛《かろ》うじて運び出した二三の家具、その他いろいろの悲惨な光景が、極めて明かに顕《あら》われて見える。火は既に全屋に及んで、その火の子の高く騰《あが》るさまの凄じさと言ったら、無い。幸いに風が無いので、火勢はさ程四方には蔓延《まんえん》せぬけれど、下の家の危さは、見ていても、殆《ほとん》ど冷汗が出るばかりである。

「喞筒《ポンプ》！」

と叫ぶ声。

「おい、喞筒は何を為《し》ているだアーい」

と長く曳《ひ》いて叫ぶ声。

けれど、本当にどうしたのか、喞筒はまだ遣って来るような様子も見えぬ。屋根の焼落つる度《たび》に、美しく火花を散した火の子が高く上って、やや風を得た火勢は、今度は今までと違って土蔵の方へと片靡《かたなび》きがして来た。土蔵の上には五六人ばかり人が上って頻《しき》りに拒《ふせ》いでいた様子だったが、これに面喰《めんくら》ってか、一人々々下りて、今は一つの黒い影を止《とど》めなくなって了った。

「熱つくて堪《たま》らねえ」

「まごまごしていると、焼死んで了うア」

「どうしやがったんだ。一体、喞筒は？　気《き》が利かねえ奴等でねえか」

と土蔵から下りて来た人の会話らしい声がすぐ自分の脚下《あしもと》に聞える。

と、思うと、向うの低い窪地《くぼち》に簇々《むらむら》と十五六人ばかりの人数が顕《あら》われて、其処に辛うじて運んで来たらしいのは昼間見たその新調の喞筒である。

やがて火光に向って一道の水が烈しく迸出《へいしゅつ》したのを自分は認めた。

「喞筒確《しっ》かり頼むぞい！」

「確かり遣れ」

「喞筒！」

と彼方此方《あっちこっち》から声が懸る。

で、その喞筒の水の方向は或は右に、或は左に、多くは正鵠《せいこく》を得なかったにも拘《かか》わらず、とにかく、多量の水がその方面に向って灑《そそ》がれたのと、幸い風があまり無かったのとで、下なる低い家屋にも、前なる高い土蔵にもその火を移す事なしに、首尾よく鎮火したのである。

それが丁度十時二十分。

疲れたから、帰って、寝ようかとも思ったが、火事の後の空はいよいよ澄んで、山中の月の光の美しさは、この世のものとは思われぬばかりであるから、少し渓流の畔《ほとり》でも歩いてみようと、そのまま焼跡をくるりと廻って、柴《しば》の垣《かき》の続いている細い道を静かに村の方へと出た。

村へ出て見ると、一軒として大騒を遣っておらぬ家は無く、鎮火と聞いて孰《いずれ》も胸を安めたようなものの、こう毎晩の様に火事があっては、とても安閑として生活していられぬというそわそわした不安の情が村一体に満ち渡って、家々の角には、婦《おんな》やら、老人《としより》やらが、寄って、集《たか》って、いろいろ喧《かしま》しく語り合っている。

「本当にこう毎晩のように火事があっては、緩《ゆっ》くり寝てもいられねえだ。本当に早くどうか為《し》て貰《もら》わねえでは……」

「駐在所じゃ、一体《いってい》何を為ているんだか、はア、困った事だ」

前の老人らしい声で、

「駐在所で、仕末が出来《でけ》ねえだら、長野へつっ走って、どうかして貰うが好《え》いし、長野でもどうも出来ねえけりゃ、仕方が無《ね》えから、村の顔役が集《たか》って、千曲川へでも投込《ほうりこ》んで了うが好《え》いだ」

「本当にそうでも為《し》て貰わねいじゃ……」

猶《なお》少し行くと、

「まごまごしてると、己《おら》が家《とこ》もつん燃されて了うかも知んねえだ。本当にまア、どうしたら好い事だか」

「困った事だ」

とさも困ったというような調子。

聞流して又少し歩いた。

「重右衛門がこんな騒動《さわぎ》を打始《ぶっぱじ》めようとは夢にも思い懸けなかっただ。あれの幼い頃はお互《たげえ》にまだ記憶《おぼ》えているだが、そんなに悪い餓鬼《がき》でも無かっただが……」

こう言ったのは年の頃大凡《およそ》六十五六の皺《しわ》くちゃの老婆《ろうば》であった。それに向って立っているのも、これも同じくその年輩らしい老婆の姿で、今しも月の光にさも感に堪えぬという顔色《かおつき》を為たが、前の老婆の言葉を受けて、「本当でごすよ。重右衛門は、妾《わし》の遠い親類筋だで、それでこう言うのではごんせぬが、何アに、あれでも旨《うま》くさえ育てれゃ、こんな悪党にゃ為《な》りゃ仕ないんだす。一体祖父様《じじさま》が悪かっただす。余《あん》り可愛《まかわい》がり過ぎたもんだで……」

「だから、子供《がき》を育てるのも、容易《ばか》には出来ねえだ」

と他の老婆は言葉を合せた。

自分はその前をも行過ぎた。

すると、路の角に居酒屋らしいものがあって、其処には洋燈《ランプ》が明るく点《つ》いているが、中《うち》には七八人の村の若者が酒を飲んで、頻《しき》りに大きい声を立《たて》ている。

立留って聞くと、

「重右衛門は火事の中何処《どこ》に行っていたッて？」

「奴か、奴ア、直き山県さんの下の家に行って、火事見舞に来たとか、何とか言って、酒の馳走になってけつかった。あの位図太い奴ア無いだ」

「そういう時、思うさま、酒喰《くら》わして、ぐっと遣ってしまえば好いんだ」

「本当にそれが一番早道だア、と我《おら》ア、いつでも言うんだけんど、まさか、それも出来ねえとみえて、それを遣ってくれる人が無えだ」

「忌々《いめいめ》しい奴だなア」

とその中の一人が叫んだ。

自分は又歩き出した。路が其処から川の方に曲っているので、それについて左に曲り、猶《なお》半町ほど辿《たど》って行くと、もう其処は尾谷川の崖《がけ》で、石に激する水声が、今まで種々《いろいろ》な悪声を聞いた自分の耳に、殆《ほとん》ど天上の音楽の如く聞える。月はもう高くなったので、渓流の半面はその美しい光に明かに輝いているが、向うに偏《かたよ》った半面には、また容易にその光が到着しそうにも見えぬ。自分は崖に凭《よ》って、そして今夜の出来事を考えた。友の言葉やら、村の評判やらから綜合《そうごう》してみると、この事件の中心に為っている重右衛門という男は確かに自暴自棄に陥っているに相違ないと自分は思った。けれどどうして渠《かれ》はその自暴自棄の暗い境《きょう》に陥ったのであろうか。先程の老婆の言うところによれば、祖父様が悪いのだ、あまり可愛がり過ぎたから、それであんな風に為ったのだと言うけれど、単に愛情の過度というのみで、それで人間が、己《おのれ》の故郷の家屋を焼くという程の烈《はげ》しい暗黒の境に陥るであろうか。殊《こと》にこの村には一種の冒険の思想が満ち渡っていて、もし単に故郷に容《い》れられぬというばかりならば、根本の父のように、又は塩町の湯屋のように、憤《いきどおり》を発して他郷に出て、それで名誉を恢復《かいふく》した例《ためし》は幾許《いくら》もある。であるのに、それを敢《あえ》て為ようとも為《せ》ず、こうして故郷の人に反抗しているというのは、其処に何か理由が無くてはならぬ。その理由は先天的性質か、それとも又境遇から起った事か。*

種々に空想を逞《たくまし》ゅうしたが、未だその人をさえ見た事の無い身の、完全にそれを断定することがどうして出来よう。遂《つい》に思切って、そして帰宅すべく家路に就いた。

路は昼間小僮《しょうどう》に案内して貰って知っているから別段甚《はなはだ》しく迷いもせずに、やがて緑樹の鬱蒼《こんもり》と生い茂った、月の光の満足にさし透《とお》らぬ、少しく小暗《おぐら》い阪道へとかかって来た。村の方ではまだ騒いでいると見えて、折々人声は聞えるけれど、この四辺《あたり》はひっそりと沈まり返って、木《こ》の葉《は》の戦《そよ》ぐ音すら聞えぬ。自分は月の光の地上に織り出した樹の影を踏みながら、阪の中段に構えられてある一軒の農家の方へと只無意味に近づいて行った。

すると、その家の垣根《かきね》の前に小さな人の影があって、低頭《うつぶき》になって頻りに何か為ているではないか。勿論《もちろん》家の蔭《かげ》であるから、それと分明《はっきり》とは解らぬが、その影によって判断すると、それは確かに大人で無いという事がよく解る。自分は立留った。そして樹の蔭に身を潜めて、暫《しば》しその為様《せんよう》を見ていた。

ぱッとマッチを擦《す》る音！

同時に

「誰だ！」

と叫んで自分は走り寄った。けれどその影の敏捷《びんしょう》なる、とても人間業《にんげんわざ》とは思われぬばかりに、走寄る自分の袖《そで》の下をすり抜けて、電光《いなずま》の如《ごと》く傍の森の中に身を没《かく》して了った。跡には石油を灑《そそ》いだ材料に火が移って盛《さかん》に燃え出した。

「火事だ、火事だア」

と自分は声を限りに叫んだ。

八

藤田重右衛門と言うのは、昔は村でも中々の家柄で祖父の代までは田の十町も所有して、小作人の七八人も遣《つか》った事のある身分だということである。家は丁度尾谷川に臨んだ一帯の平地にあって、樫《かし》の疎《まば》らな並樹《なみき》がぐるりとその周囲を囲んでいる奥に、一棟《むね》の母屋《おもや》、土蔵、物置と、普請《ふしん》も尋常《よのつね》よりは堅く出来ていて、村に何か事のある時には、その祖父という人は必ず総代か世話人に選ばれるという程の名望家であった。現に根本三之助の乱暴を働いた頃にも、その村の相談役で、千曲川《ちくまがわ》に投《ほう》込《りこ》んで了《しま》えと決議した人の一人であったという。性質の穏《おだや》かな、言葉数の少ない、慈愛心の深い人で、殊《こと》に学問——と謂《い》う程でも無いが、御家流《おいえりゅう》の字が村にも匹敵《ひってき》するものが無い程上手で、他村への交渉、飯山藩の武士への文通などは皆この人に頼んで書いて貰《もら》うのが殆《ほとん》ど例になっていたという事である。この人は千曲川の対岸の大俣《おおまた》という処《ところ》から、妻を娶《めと》ったが、この妻という人も至極好人物で、貧乏者にはよく米を遣《や》ったり、金銭を施したりして、年が老《と》ってからは、寺参りをのみ課業として、全く後生《ごしょう》を願うという念より外に他《ほか》は無かった。であるのに、僅《わず》か一代を隔てて、どうしてこんな不幸がその藤田一家を襲ったのであろうか。どうしてその祖父祖母の孫に今の重右衛門のような、乱暴無慚《むざん》の人間が出たのであろうか。

その優しい正しい祖父祖母の間に、仮令《たとえ》女でも好いから、まことの血統を帯びた子という者が有ったなら、決してこんな事は無かったろうとは、村でも心ある者の常に口に言うところであるが、不幸にもその祖父祖母の間には一人の子供も無かったので、藤田の系統《けっとう》を継《つ》がしむる為《た》めに、二人は他の家から養子を為《し》なければならなかった。今の重右衛門の父と言うのは、芋沢のさる大尽の次男で、母は村の杉坂正五郎というものの三女である。何方《どちら》もさ程悪い人間と言うではないが、否、現に今も子息《むすこ》の事を苦にして、村の者に顔を合せるのも恥しいと山の中に隠れて出て来ぬというような寧《むし》ろ正直な人間ではあるが、さりとて、又、祖父祖母のような卓《すぐ》れて美しい性質は夫婦とも露ばかりも持っておらなかったので、母方の伯父《おじ》という人は人殺をして斬罪《ざんざい》に処せられたという悪い歴史を持っているのであった。で、この夫婦養子の間《なか》に間もなく出来たのが、今の重右衛門。子の無いところの孫であるから、祖父祖母の寵愛《ちょうあい》は一方《ひとかた》ではなく、一にも孫、二にも孫と畳にも置かぬほどにちやほやして、その寵愛する様は、他所目《よそめ》にも可笑《おか》しい程であったという。ところが、この最愛の孫に一つ悲むべきことがある。それは生れながらにして、腸の一部が睾《こう》丸《がん》に下りている事で、どうかしてこの大睾丸《おおきんたま》を治《なお》して遣《や》る方法は無いかと、長野まで態々《わざわざ》出懸けて、いろいろ医者にも掛けてみたけれど、まだその頃は医術も開けておらぬ時代の事とて、一時は腸に収まっていても、又何かの拍子で忽地《たちまち》元に復して了うので、いくら可愛想に思っても、どう為《す》る事も出来なかった。

これが又一層不便《ふびん》を増すの料となって、孫や孫やと、その祖父祖母の寵愛は益《ますます》太甚《はなはだ》しく、四歳《よっつ》五歳《いつつ》、六歳《むっつ》は、夢のように掌《たなごころ》の中に過ぎて、段々その性質があらわれて来た。けれど、子供の時分には、只非常に意地の強いというばかりで、別段これと言って他の童《わらべ》に異ったところも無かったという事だが、それでも今の老人の中には、重右衛門の子供にも似ぬ、一種茫然《ぼんやり》したような、しっかりしたような、要領を得ないところがあるのを記憶していて、どうもあの子は昔から変っていると思ったと言う者もある。が、概して他の童にさしたる相違が無かったというのが、一般の評であった。山県の総領の兄などはその幼い頃の遊び夥伴《なかま》で、よく一所に蜻蛉《とんぼ》を交《つる》ませに行ったり、草を摘みに行ったり、山葡萄《やまぶどう》を採《と》りに行ったり為た事があるというが、今で、一番記憶に残っているのは、鎮守の境内で、鬼事《おにごと》を為る時、重右衛門は睾丸が大いものだから、いつも十分に駆ける事が出来ず、始終中《しょっちゅう》鬼にばかり為《な》っていたという事と、山茱萸《やまぐみ》を採りに三峯に行った時、その大睾丸を蜂《はち》に食われて、家に帰るまで泣き続けていたという事と、今一つ、よく大睾丸を材料《たね》にして、いろいろ渾名《あざな》を付けたり、悪口を言ったり為るものだから、終《しまい》にはそれを言い始めると、厭《いや》な顔をして、折角楽しげに遊んでいたのも直ぐ止《や》めて帰って了うようになったという事位のものであるそうな。けれどその先天的不具がかれの一生の上に非常に悲劇の材料と為ったのは事実で、人間と生れて、これほど不幸福《ふしあわせ》なものは有るまい。それから愛情の過度、これも確かにかれの今日の境遇に陥った一つの大なる原因で、大きくなるまで、孫や、孫やとやさしい祖父にちやほやされて、一時村の遊び夥伴《なかま》の中に、重右衛門と名を呼ぶ者はなく、孫や、孫やで通ったなども、かれの悲劇を思う人の有力なる材料になるに相違ない。

月日は流るる如く過ぎて、早くも渠《かれ》は十七の若者となった。その年の春、祖母は老病で死んで了ったが、この年ほど藤田家に取って運の悪い年は無かったので、その初夏には、父親が今年こそはと見当を付けて、連年の養蚕の失敗を恢復《かいふく》しようと、非常に手を拡《ひろ》げて養《か》った蚕が、気候の具合で、すっかり外《はず》れて、一時に田地の半分ほども人手に渡して了うという始末。かてて加えて、妻の持病の子宮が再発して、枕《まくら》も上らず臥《ふ》せっていると、父親は又父親で、失敗の自棄《やけ》を医《いや》さん為め、長野の遊廓《ゆうかく》にありもせぬ金を工面して、五日も六日も流連《いつづけ》して帰らぬので、年を老《と》った、人の好い七十近い祖父が、独《ひと》りでそれを心配して、孫や孫やと頻《しき》りに重右衛門ばかりを力にして、どうか貴様は、親父《おやじ》のように意気地なしには為ってくれるな、祖父《じいさん》の代の田地をどうか元のように恢復してくれと、殆ど口癖のように言っていた。

御存じでは御座るまいが、村には若者の遊び場所と言うようなものがあって、(自分は根本行輔の口からこの物語を聞いているので)昼間の職業《しごと》を終って夕飯を済すと、いつも其処《そこ》に行って、娘の子の話やら、喧嘩《けんか》の話やら、賭博《ばくち》の話やら、いろいろくだらぬ話を為て、傍《かたわ》ら物を食ったり、酒を飲んだりする処がある。今では学校が出来て、教育の大切な事が誰の頭脳《あたま》にも入って来たから、そういう下らぬ遊を為《す》るものも少く為《な》ったけれど、まだ私等の頃までは、随分それが盛んで、やれ平右衛門の二番娘は容色《きりよう》が好いの、やれ総助の処の末の娘が段々色気が付いて来たのと下らぬ噂《うわさ》を為《する》ばかりならまだ好いが、若者と若者との間にその娘に就いての鞘当《さやあて》が始まる、口論が始まる、喧嘩が始まる、皿が飛ぶ、徳利が破《こわ》れるという大活劇を演ずることも度々《たびたび》で、それは随分弊が多かった。殊にその遊び場所の最も悪い弊と言うのは、その若者の群の中にも自《おのず》から勢力の有るものと、無いものとの区別があって、その勢力のある者が、まだ十六七の若い青年を面白半分に悪いところに誘って行く、これが第一の弊だと思う。

私なども経験があるが、散々村の遊び場所で騒ぎ散して、さてそれから其処に集っている若者の総《すべ》ての懐中を改めて、これなれば沢山となると、もう大分夜が更《ふ》け渡っているにも拘《かかわ》らず、其処から三里もある湯田中《ゆだなか》の遊廓へと押懸けて行く。その一群の中には、きっと今夜が始めて……という初陣《ういじん》の者が一人は居るので、それを挑《おだ》てたり、それを戯《からか》ったり、散々翫弄《ひやか》しながら歩いて行くのが何よりも楽みにその頃は思っていた。そして又、村の若者の親なども、これはもう公然止むを得ざる事と黙許していて、「家の忰《せがれ》もはア、色気が附いて来ただで、近い中に湯田中に遣らずばなるめい、お前方《めいがた》附いていて、間違の無《ね》いように遊ばしてくらっしゃれ」とその兄分の若い衆に頼むものさえある。とにかく、村の若い者で、湯田中に遊びに行かぬ者は一人も無く、又初めての翌朝、兄分の者に昨夜《ゆうべ》の一伍一什《いちぶしじゆう》を無理に話させられて、顔を赤く為《し》ないものは一人も無い。

重右衛門を始めて湯田中に連れて行ったのは、勝五郎というその頃有名な兄分で、今では失敗して行衛《ゆくえ》知れずになっているが、それがよく重右衛門の初陣の夜の事を得意になって人に話した。

「重右め、不具《かたわ》だもんだで、姫っ子がどうしても承知しねえ、二夜《ばん》、三夜《ばん》、五夜《ばん》ほど続けて行って、姫っ子を幾人も変えてみたが、何奴《どいつ》も此奴《こいつ》も厭《いや》だアってぬかして言う事を聞かねえだ。朝になって、あの田中の堤《どて》の上を茫然《ぼんやり》帰って来ると、重右め、いつも浮かぬ顔をして待っている。昨夜《ゆうべ》はどうだったって……聞くと、頭ア振って駄目だアと言う。それが余り幾夜も続くので、私も、はア、終《つい》には気の毒になって、重右だッて、人間だア。不具に生れたのは、自分《われ》が悪いのじゃねえ。それだのに、その不具の為めに、女を知る事が出来ねえとあっては、これア気の毒だア。一つ肌を抜いで世話をして遣ろうと思って、それから私の知っている女郎屋の嚊様《かかさま》に行ってこれこれだって話して遣ったただ。すると、さすがは商売人だで、訳なく承知してくれて、重右め、其処に行って泊る事に為っただ。明日の朝、どんな顔をしているかと思ったら、奴め、莞爾《にこにこ》と笑っていやがる。背中を一つ喰《くら》わせて遣ると、いひいひいいひと笑やがったが、その笑い様って言ったら、そりゃ形容《かたち》にも話にも出来ねえだ。本当に、私あ、随分人を湯田中に連れて行ったが、重右の奴ぐらい、手数《てかず》の懸ったのは無え」

と高く笑って、

「それにしても、考えると、可笑《おかし》くってなんねえだよ。あの大《でか》い睾丸を抱《かか》えてよ、それで姫ッ子を自由に為《し》ようって言んだから、こいつは中々骨が折れるあ！」

と言うのが例だ。

で、それからというものは、重右衛門は好く湯田中に出懸けて行ったが、金を費《つか》う割に余りちやほやされないので、つねに怏々《おうおう》として楽しまなかったという事である。

その中には段々家は失敗に失敗を重ねて、祖父が一人真面目《まじめ》に心配しているけれど、さてそれをどうする事も出来ず、田地は益々人手に渡って、祖父の死んだ時（それは丁度重右衛門が二十二の時であった）にはもう田畠《でんぱた》合せて一町歩位しか無かったとの話だ。ことに、その祖父の死ぬ時に一つの悲しい話がある。それは、その頃重右衛門は湯田中に深く陥《はま》っている女があったとかで、家の衰えて行くのにも頓着《とんちゃく》せず、米を売った代価とか、蚕を売った金とかありさえすれば、五両なり十両なりそれを残らず引攫《ひっさら》って飛出して、四日、五日、その金の有らん限り、流連《いっづけ》して更に家に帰ろうとも為なかった。父親と母親とは重右衛門とは始めから仲が悪いので、商売を為《す》るとか言って、その頃長野へ出ておったから、家には只死に瀕《ひん》した祖父一人。その祖父は曽《かっ》て孫をこの上なく寵愛《ちょうあい》して、凡《およ》そ祖父の孫に対する愛は、遺憾なく尽しておったにも拘《かかわ》らず、その死の床には侍《はべ》っているものが一人も無いとは！

二日程前から病に罹《かか》って、老人はその腰の曲った姿を家の外に顕《あら》わさなかったが、その三日目の晩に、あまり家の中がしんとしていると言うので、隣の者が行って見ると、老人行火《としよりあんか》に凭《よ》り懸ったまま、丸くなって打伏している。

「爺様《じいさん》！　どうだね」

と声を懸けても、返事が無い。

「爺様！」

と再び呼んでも、猶《なお》返事を為ようとも為ない。これは不思議だと怪んで、急いで傍に行って見ると、体がぐたりとして水涕《みずつぱな》を出したまま、早既に締《こと》が切れている。驚いて、これを村の世話役に報告する、湯田中の重右衛門に使を出す、と、重右衛門は遊廓の二階で、大峯丸を抱えて大騒を遣っている最中だったそうで、祖父《じじ》が死んだという悲むべき報知を聞いても、更に涙一つ滴《こぼ》そうでもなく、「死んで了《しま》ったものは仕方が無え、明日帰って、緩《ゆっく》り葬礼《ともれい》を出して遣るから、もう帰ってくれても好い」との無情な言草には、使の者も殆《ほとん》ど呆《あき》れ返ったとの事だ。

とにかく重右衛門はこの頃からそろそろ評判が悪くなったので、その祖父の孫に対する愛を知っている人は、他村の者までも、重右衛門の最後の必ず好くないという事を私語《ささや》き合ったのである。

祖父が死んだので、父親母親は一先《ひとまず》村へ帰って、少時《しばらく》その家に住んでいた。が、この親子の間柄《あいだ》というものは、祖父が余り過度に愛した故《せい》でもあろうが、それは驚くばかり冷《ひやや》かで、何かと言っては、直き親子で衝突して、撲《なぐ》り合いを始める。仲裁に入ると、その仲裁に入った者まで撲り飛ばして、傷を負わせるという有様なので、後には誰も相手に為る者が無くなって了った。で、この親と子の間に少なからざる活闘が演じられたが、重右衛門は体格が大きく、馬鹿力があって、その上意地が非常に強く、酒を飲むと、殆ど親子の見さかいも無くなって了うものだから、さすがの親達も終《つい》には呆れ返ってこんな子息《むすこ》の傍には居られぬ、と一年ばかりして、又長野へ出て行った。

これからが重右衛門の罪悪史である。祖父は歿《な》くなる、親は追出す、もう誰一人そのわがままを抑《と》めるものが無くなったので、初めの中は自分の家の財産を抵当に、彼方此方《あっちこっち》から金を工面して、猶《なお》その放蕩《ほうとう》を続けていた。けれど重右衛門とて、まるきり意識を失った馬鹿者でも無いから、満更その自分の一生に就いて思慮を費やさぬ事も無いので、時にはいろいろその将来の事を苦にして、自分の家の没落をもどうかして恢復《かいふく》したいと思った事もあったらしい。その証拠には、それから、大凡《おおよそ》一年ばかり経《た》つと、まるで人間が変ったかと思われるように、もうふっつりと女郎買をやめて、小作人まかせに荒れていた田地を耕し、人の為《た》めに馬を曳《ひ》いて賃金を取り、養蚕の手伝をして日当を稼《かせ》ぐなど、それは村の人が一時眼を聳《そば》だてる程の勤勉なる労働者と為った。

その頃である。稍《やや》その信用が恢復しようとした頃である。村に世話好の男があって、重右衛門もこの頃では余程身持も修まって来たようだし、ああ勤勉に労働するところを見ると、将来にもさ程希望が無いとも云えぬ。一つ相応な嫁を周旋して、一層身が堅まるように為《し》て遣ろうではないかという者があったが、それに賛成する者も随分あって、あれかこれかといよいよ相応の嫁を探《さが》して遣る事と為った。

その候補者には誰が為ったろう。

その頃、村の尽頭《はずれ》に老婆《ろうば》と一緒に駄菓子の見世《みせ》を出して子供等を相手に、亀《かめ》の子焼などを商《あきな》って、辛《かろ》うじてその日の生活を立てて行く女があった。生れは何でも越後《えちご》の者だという事だが、其処《そこ》に住んだのは、七八年前の事で、始めはその父親らしい腰の曲った顔の燻《くすぶ》った汚《きたな》らしい爺様《じいさま》も居ったそうだが、それは間もなく死んで、今では母の老婆と二人暮し。村の若い者などが時々遊びに行く事があっても、不器量で、無愛想で、おまけに口が少し訥《ども》ると来ているから、誰も物好に手を出すものもなく、二十五歳の今日まで、男というものは猫より外に抱いた事も無かった。けれどその性質は悪くはないそうで、子供などには中々優しくする様子であるから、どうだ、重右衛門、姿色《みめ》よりも心と言う譬《たとえ》もある、あれを貰《もら》う気は無いかと勧めた。

重右衛門もさすがに二の足を踏んだに相違ないが、余りに人から執念《しゅうね》く勧めらるるので、それではどうか好いようにして下され、私等は、ハア、どうせ不具者《かたわもの》でごすでと言って承知して、それより一月ならざるに、重右衛門の寂しい家宅《いえ》にはおり女の笑う声が聞える様になった。

村の人はこれで重右衛門の身が堅まったと思って喜んだのである。けれどそれは少くとも重右衛門のような性格と重右衛門のような先天的不備なところがある人間には間違った皮相な観察であった。一体重右衛門という男は負け嫌《ぎら》いの、横着の、図々しいところがあって、そしてその上に烈《はげ》しい烈しい熱情を有《も》っている。で、この熱情が旨《うま》く用いられると、中々大した事業をも為るし、人の眼を驚かす程の偉功をも建てる事が出来るのだけれど、惜しい事には、この男にはこれを行う力が欠けている。先天的に欠けている。この男には「自分は不具者《かたわもの》、自分は普通の人間と肩を並べることが出来ぬ不具もの」という考が、小児《こども》の中《うち》からその頭脳に浸《し》み込んでいて、何かすぐれた事でも為ようと思うと、直《す》ぐその悲しむべき考が脳を衝《つ》いて上って来る。そしてこの不具者という消極的思想が言うべからざる不快の念をその熱情の唯中に、丁度氷でもあるかのように、極めて烈しく打込んで行く。この不快の念、これが起るほど、かれには辛《つら》いことはなく、又これが起るほど、かれには忌々《いまいま》しい事はない。何故《なぜ》自分は不具に生れたか、何故自分は他の人と同じ天分を受ける事が出来なかったか。

親が憎い、己《おれ》を不具に生み付けた親が憎い。となると、自分の全身には殆《ほとん》ど火焔《かえん》を帯びた不動尊も啻《ただ》ならざる、憎悪《ぞうお》、怨恨《えんこん》、嫉妬《しつと》などの徹骨の苦々しい情が、寸時もじっとしていられぬほどに簇《むらが》って来て、口惜《くや》しくって口惜しくって、忌々しくって忌々しくって、出来るものならば、この天地を引裂《ひっさ》いて、この世の中を闇《やみ》にして、それで、自分も真逆様《まっさかさま》にその暗い深い穴の中に落ちて行ったなら、どんなに心地が快《い》いだろうというような浅ましい心が起る。

こういう時には、譬《たと》え一銭の銅貨を持っておらないでも、酒を飲まなければ、どうしても腹の中の虫が承知しない。仕方が無いから、居酒屋に飛んで行って一杯飲む、二杯飲む。あとは一升、二升。

重右衛門の為《た》めには、女房が出来たのは余り好い事では無かったが、もし二人の間に早く子供が生れたなら、或は重右衛門のこの腹の虫を全く医《いや》し得たかも知れぬ。けれど不幸にも一年の間に子をつくることが出来なかった二人の仲は、次第に殺伐《さつばつ》に為《な》り、乱暴に為り、無遠慮になって、そして、その揚句には、泣声、尖声《とがりごえ》を出しての大立廻《おおたちまわり》。それも度重なっては、犬の喧嘩《けんか》と振向いて見るものなく、女房の顔には殆ど生傷《なまきず》が絶えぬというような寧《むし》ろ浅ましい境遇に陥って行った。

その結果として、折角身持が治《おさま》り懸けた重右衛門が再び遊廓《ゆうかく》に足を踏み入れるように為り、少しく手を下し始めた荒廃した田地の開墾が全く委棄せられて了ったのも、これも余儀ない次第であろう。

もし、この危機に処して、一家の女房たるものが、少しく怜悧《れいり》であったならば、狂瀾《きょうらん》を既に倒るるに飜《ひるがえ》し＊、危難を未《いま》だ来らざるに拒《ふせ》ぐは、さして難い事では無いのである。が、天は不幸なるこの重右衛門にこの纔《わず》かなる恩恵《めぐみ》をすら惜んで与えなかったので、尋常よりも尚《なお》数等愚劣なるかれの妻は、この危機に際して、あろう事か、不貞腐《ふてくされ》にも、夫の留守を幸いに、山に住む猟師のあらくれ男と密通した。

そして、それの露顕した時、

「だって、その位《くれい》は当り前《めえ》だア。お前さアばか、勝手な真似《まね》して、己《うら》ら尤《とが》められる積《せき》はねえだ」

とほざいた。

重右衛門は怒ったの、怒らないのッて、

「何だ、この女《あま》！」

と一喝《かつ》して、いきなり、その髪を執《と》って、引摺倒《ひきずりたお》し、拳《こぶし》の痛くなるほど、滅茶苦茶に撲《なぐ》った。そして半死半生になった女房を尻目《しりめ》にかけて、そのまま湯田中へと飛んで行った。そして、酒……酒……酒。

で、これからと言うものは、重右衛門は全く身を持崩《もちくず》して了ったので、女郎買を為《す》るばかりではない、悪い山の猟師と懇意に為《な》って、賭博《ばくち》を打つ、喧嘩を為る、茶屋女を買う、瞬《また》く間にその残っている田地をも悉《ことごと》く人手に渡して、猶《なお》その上に宅地と家屋敷を抵当に、放蕩費《ほうとうひ》を貸りようとしているのだが、誰もあんな無法者に金を貸して、抵当として家屋敷を押えたところが、跡でどんな苦情を持出さぬものでもないと、恐毛《おぞけ》振って相手に為《せ》ぬので、それ許りは猶その後少時《しばし》、かれの所有権ある不動産として残っていた。

ある時こういう奇談がある。

かれはその三日前ばかりから、湯田中に流連《いつづけ》して、いつもの馴染《なじみ》を買っていたが、さて帰ろうとして、それに払うべき金が無い。仕方が無いから、苦情やら忌味《いやみ》やらを言われ言われ、三里の山道を妓夫《ぎふ》*を引張って遣って来てみると、家の道具はもう大方持出して叩《たた》き売ってしまったので、これと言って金目なものは一つも無い。妓夫は怒るし、仕末に困って、どうしようと思っていると、裏の馬小屋で、主人が居ないので、三日間食わずに、腹を減《へら》しておった、栗毛《くりげ》の三歳が、物音を聞き付けて、一声高く嘶《いなな》いた。

「やア、まだ馬が居るア」

と言って、平気でそれを曳出《ひきだ》して、飯をも与えずに、妓夫に渡した。そして、彼はその馬を売った残りの金を費《つか》うべく、再び湯田中へと飛び出して行ったのである。

その事が誰言うとなく村の者に伝って、孫（祖父の口癖に言った）が馬を引張って来て、又馬を引張って行かれたとよと大評判の種となった。

それから、三年。かれが到頭家屋敷を抵当に取られて、忌々しさの余《あまり》に、その家に火を放ち、露顕して長野の監獄に捕えらるるまでその間の行為は、多くは暗黒と罪悪とばかりで、少しも改善の面影《おもかげ》を顕《あら》わさなかったが、只一度……只一度次のような事があった。

それは何でもその家屋の抵当に入ってから後の事だそうだが、ある日かれは金を借ようと思って、上塩山《かみしおやま》の上尾《あげお》貞七の家を訪《たず》ねた事があった。この上尾貞七と謂《い》うのは、根本三之助などと同じく、一時は非常に逆境に沈淪《ちんりん》して、村には殆ど身を措《お》く事が出来ぬ程に為《な》った事のある男で、それから憤《いきどおり》を発して、江戸へ出て、二十年の間に、どう世の荒波を泳いだか、一万円近くの資産を作って帰って来て、今では上塩山第一の富豪《かねもち》と立てられる身分である。重右衛門が訪ねると、快く面会して、その用向の程を聞き、言うがままに十五円ばかりの金を貸し、さて真面目《まじめ》な声で、貞七が、

「実はお前さんの事は、兼ねて噂《うわさ》に聞いて知っておったが、生れた村というものは、まことに狭いもので、とても其処《そこ》に居ては、思うような事は出来ない。私なども……覚えが有るが、村の人々に一度信用せられぬとなると、もうどんなに藻掻《もが》いて

も、とてもその村ではどうする事も出来なくなる。お前さんも随分村では悪い者のように言われるが、どうだね、一奮発する気は無いか」

重右衛門は黙っている。

「私なども……それア、随分酷《ひど》い眼に逢《あ》った。親には見放される、兄弟には唾《つば》を吐き懸けられる、村の人にはてんから相手にされぬという始末で、夜逃の様にして村を出て行ったが、その時の悲しかった事は今でも忘れない。あの倉沢の先の吹上《ふきあげ》の水の出て居る処《ところ》があるが、あそこで、石に腰を懸けて、もうこれで村に帰って来るかどうだかと思った時は、情なくなって涙が出て、いっそここで死んで了おうかとすら思った程であった。けれど……思返して、どうせ死ぬ位なら、江戸に行って死ぬのも同じだ、死んだ積りで、量見を入れかえて、働いてみよう……とてくてくと歩き出したが、それが私の運の開け始めで、それでまア、とにかく今の身分に為った……」

「私なんざア、駄目でごす……」

と重右衛門は言ったが、その顔はおのずから垂れて、眼からは大きな涙がほろほろと膝《ひざ》の上に落ちた。

「駄目な事があるものか。私などもお前さんの様に、その時は駄目だと思った。けれどその駄目が今日のような身分になる始となったじゃがアせんか。何でも人間は気を大きくしなければ好《い》けない」

答の無いのに再び言葉を続《つ》いで、

「村の奴などは何とでも勝手に言わせておくが好い。世の中は広いのだから、何も村に居なければならねえと言うのでもねえ、男と生れたからにゃ、東京にでも出て一旗挙げて来る様で無けりゃ、話にも何にも為《な》らねえと言う者《もん》だ……」

重右衛門は殆ど情に堪えないという風で潮《うしお》の如《ごと》く漲《みなぎ》って来る涙を辛うじて下唇《したくちびる》を咬《か》みつつ押えていた。

「本当でごいすよ、私は決して自分に覚えの無《ね》え事を言うんじゃねえんだから、……本当に一つ奮発さっしゃれ、きっとそれや立身するに極《きま》ってるから」

「私は駄目でごす……」と涙の込み上げて来るのを押えて、「私ア、とても貴郎《あんた》の真似は出来ねえでごす。一体、もうこんな体格《からだ》でごいすだで」

「そんな事はあるものか」と貞七は口では言ったが、なるほどそれで十分に奮発する事も出来ないのかと思うと、一層同情の念が加わって、愈《いよいよ》慰藉《いしゃ》して遣らずにはいられなくなった。

「本当にそんな事は無い。世の中にはお前さんなどよりも数等利《き》かぬ体で、立派な事業を為た人はいくらもある。盲目《めくら》で学者になった塙検校《はなわけんぎょう》*と言う人も居るし、跛足《びっこ》で大金持に為った大俣《おおまた》の惣七《そうしち》という男もある。お前さんの体位で、そんな弱い事を言っていては仕方がない。本当に一つ……遣ってみさっしゃる気は無えかね。私ア、東京にも随分知ってる人も居るだて、一生懸命に為る積なら、いくらも世話は為て遣るだが」

「難有《ありがた》い、そう仰《おつしや》って下さる人は、貴郎ばかり。決して……決して」と重右衛門は言葉を涙につかえさせながら、「決して忘れない、この御厚恩は！　けれど私ア、駄目でごす。体格《からだ》さえこうでなければ、今までこんなにして村にまごまごしているんじゃ御座《ゴア》せんが……。私は駄目でごす……」

と又涙をほろほろと落した。

これは貞七の後での話だが実際その時は気の毒に為って、あんな弱い憐《あわ》れむべき者を村では何故《なぜ》あのように虐待するのであろう。元はと言えば気ばかり有って、体が自由にならぬから、それであんな自暴自棄《やけ》な真似を為《す》るのであるのに……と心から同情を表さずにはいられなかったという事だ。実際、重右衛門だとて、人間だから、今のような乱暴を働いても、元はその位のやさしいところがあったかも知れない。けれどその体の先天的不備がその根本の悪の幾分を形造ったと共に、その性質もまたその罪悪の上に大なる影響を与えたに相違ないと、自分は友の話を聞きながら、つくづく心の中に思った。

*　　*　　*

この後の重右衛門の歴史は只々驚くべき罪悪ばかり、抵当に取られた自分の家が残念だとて、火を放《つ》けて、獄に投ぜられ、六年経《た》って出て来たが、村の人の幾らか好くなったろうと望を属《しょく》していたのにも拘《かかわ》らず、相変らず無頼《ぶらい》で、放蕩《ほうとう》で後悔を為るどころか一層大胆に悪事を行って、殆ど傍若無人という有様であった。その翌年、賭博《とばく》現行犯で長野へ引かれ、一年ほどまた臭い飯を食う事になったが、二度目に帰って来た時は、もう村でもどうする事も出来ない程の悪漢《わるもの》に成り済して、家も無いものだから今の堤下《どてした》に乞食《こじき》の住むような小屋を造って、其処《そこ》に気の合った悪党ばかり寄せ集め、米が無くなると、何処《どこ》の家にでもお構いなしに、一升米を貸してくれ、二升米を貸してくれと、平気な面《つら》して貰《もら》いに行く。そして、少しでも厭《いや》な素振を見せると、それなら考があるからくれなくても好いと威嚇《おど》すのが習《ならい》。村方では又火でも放《つ》けられては……と思うから、仕方なしに、言うままにくれて遣る。すると好気《いいき》に為って、幅《はば》で、大風呂敷を携《たずさ》えて貰って歩くという始末。殆ど村でも持余した。それがまだその中《うち》は好かったが、ある時ふとその感情を損ねてからと言うものは、其処《そこ》重右衛門大童《おおわらわ》になって怒って、「何だ、この重右衛門一人、村で養って行けぬと謂《い》うのか。そんな吝《けち》くさい村だら、片端から焼払って了《しま》え」と酔客の如く大声で怒鳴って歩いた。で、今回の放火騒動《ひっけさわぎ》。

九

山県の家の全焼したあくる日は、益々《ますます》警戒に警戒を加えて、重右衛門の行為は勿論《もちろん》、その娘ッ子の一挙一動、何処《どこ》に行った、彼処《かしこ》に行ったという事まで少しも注意を怠らなかった。否、消防の人数を加え、夜番の若者を増して、十五分毎《ごと》には柝木《ひょうしぎ》と忍びとが代る代る必ず廻って歩くという、これならばどんな天魔でも容易に手を下す事が出来まいと思われるばかりの警戒を加えていて、それは中々一通の警戒ではないのであった。であるのに、その厳しい防禦線《ぼうぎょせん》の間をどう巧《たくみ》に潜ってか、その夜の十時少し過ぎと云うに、何か変な臭《にお》いがすると思う間もなく、ふすふすと怪しい音がするので、まだ今寝たばかりの雨戸を繰って見ると、これはそも驚くまじき事か、火の粉《こ》が降るように満面に吹き附けて、すぐ下の家屋の窓からは、黒く黄《きい》烟《けむ》と赤い長い火の影とが……

「火事だア、火事だア」

とこの世も終りと云わぬばかりの絶望の叫喚《さけび》が凄《すさま》じく聞えた。

自分は慌《あわ》てて、跣足《はだし》で庭に飛び出した。下の家とは僅《わず》か十間位しか離れておらぬので、母屋《おもや》では既に大騒を遣《や》っている様子で、やれ水を運べの桶《おけ》を持って来いのと老主人が声を限りに指揮《さしず》する気勢《けはい》が分明《はっきり》と手に取るように聞える。自分もこの危急の場合に際して、何か手助になる事もと思って、とにかく母屋の方に廻ってみたが、元より不知案内《ふち》の身の、どう為る事も出来ぬので、寧《むし》ろ足手《あしで》纏《まと》いに為らぬ方が得策と、そのまま土蔵の前の明地《あきち》に引返して、只々その成行を傍観していた。

昨夜と均《ひと》しく、月は水の如く、大空に漂って、山の影はくっきりと黒く、五六歩前の叢《くさむら》にはまだ虫の鳴く音が我は顔に聞えている。その寂《しず》かな村落にもくもくと黒い黄《きいろ》い烟《けむ》が立昇って、ばちばちと木材の燃え出す音！　続いて、寺の鐘、半鐘の乱打、人の叫ぶ声、人の走る足音！

村はやがて鼎《かなえ》の沸くように騒ぎ出した。

十

母屋《おもや》の大広間で恐しく鋭い尖声《とがりごえ》が為《し》たと思うと、

「何だと……何と吐《ぬ》かした？　この藤田重右衛門に……」

と叫んだ者がある。

自分の傍に来ていた友は、

「重右衛門が来ている！　自分で火を点《つ》けておいて、それで知らん顔で、手伝酒を食《くら》ってるとは図太いにも程がある」

と言った。

火は幸にも根本の母屋には移らずに下の小い家屋《いえ》一軒で、とにかく首尾よく鎮火したので、手伝いに来てくれた村の人々、喞筒《ポンプ》の水にずぶ濡《ぬ》れになった村の若者、それから遠くから聞き付けて見舞に来てくれた縁者などを引留めて、村に慣例《しきたり》の手伝酒を振舞っているところであるが、その十五畳の大広間には順序次第もなく、荒くれた男がずらりと並んで、親椀《おやわん》で酒を蒙《かぶ》っているものもあれば、茶椀《ちゃわん》でぐびぐび遣《や》っている者もある。そうかと思うと、さもさも腹が空《す》いて仕方が無いと言わぬばかりに一生懸命に飯を茶漬《ちゃづけ》にして掻込《かきこ》んでいるもの、胡坐《あぐら》を掻いて烟草《たばこ》をすぱりすぱり遣って御座るもの、自分は今少し前、一寸《ちよつと》その席を覗《のぞ》いてみたが、それはそれは何とも形容する事の出来ぬばかりの殺風景で、何だか鬼共の集り合った席では無いかと疑われるのであった。いずれも火の母屋に移らぬ事を祝してはいるが、連夜の騒動に、夜は大分眠らぬ疲労《つかれ》と、烈《はげ》しく激昂《げっこう》した一種の殺気とが加わって、どの顔を見ても、不穏な落付かぬ凄《すご》い色を帯びておらぬものは、一人も無かった。

それが、自分が覗《のぞ》いてから、大方一時間にもなるのであるから、酒も次第にその一座に廻ったと覚しく、恐ろしく騒ぐ気勢《けはい》がその次の間に満ち渡った。

「来てるのかね？」

と自分は友の言葉を聞いて、すぐ訊《たず》ねた。

「来てるですとも……奴ア、これが楽みで、この手伝酒を飲むのが半分目的で火をつけるのですア」

暫《しばら》くすると、

「何だと、この重右衛門がどうしたと……この重右衛門が……」

という恐ろしく尖《とが》った叫声が、その次の大広間から聞える。

「先生……また酔ったナ」

と友は言った。

次の間で争う声！

「何に、貴様《なあ》が火を放《つ》けると言ったんじゃねえ。貴様が火を放けようと、放けまいと、それにゃちゃんと、政府《おかみ》というものがある。貴様も一度は、これで政府《おかみ》の厄介に為《な》った事が有るじゃねえか」

こう言ったのは錆《さ》びのある太い声である。

「何だと、……己《おれ》が政府《おかみ》の厄介に為ろうが為るまいが、何も奴等《うぬら》の知った事《こ》っちゃ無《ね》えだ。何が……この村の奴等……（少時《しばし》途絶えて）この藤田重右衛門に手向いするものは一人もあるめい。こう見えても、この藤田重右衛門は……」

と腕でも捲《まく》ったらしい。

「何も貴様が豪《えら》くねえと言いやしねえだア、貴様のような豪い奴が、この村に居るから困るって言うんだ」

「何が困る……困るのは当り前だ。己がナ、この藤田重右衛門がナ、態々《わざわざ》困るようにして遣るんだ」

非常に酔っているものとみえる。

「酔客《よっぱらい》を相手にしたって、仕方が無えから、よさっせい」

と留める声がする。

暫時沈黙《しばしだんまり》。

「だが、重右衛門ナア、貴様もこの村で生れた人間じゃ無えか、それだアに、こんなに皆々《みんな》に爪弾《つまはじき》されて……悪い事べい為ていて、それで寝覚《ねざめ》が好いだか」

と言ったのは、前のとは違った、稍《やや》老人らしい口吻《くちぶり》。

「勝手に爪弾《つまはじき》しやアがれ、この重右衛門様はナ、奴等《うぬら》のようなものに相手に為《さ》れねえでも……ねっから困らねえだア……べら棒め、根本三之助などと威張りやアがって元ア、賽銭箱《さいせんばこ》から一文二文盗みやがったじゃねえだか」

「撲《なぐ》って了《しま》え」

と傍《かたわら》から憤怒に堪えぬというような血気の若者の叫喚《さけび》が聞えた。

「撲れ！　撲れ！」

「取占《とっち》めて了え」

と彼方此方《あっちこっち》から声が懸る。

「何だ、撲れ？　と。こいつは面白れえだ。この重右衛門を撲るものがあるなら撲ってみろ！」

と言うと、ばらばらと人が撲《う》ちに蒐《かか》った様な気勢《けはい》が為たので、自分は友の留めるのをも振り解《ほど》いて、急いで次の間の、少し戸の明いている処へ行って、そっと覗いた。いずれも其方《そっち》にのみ気を取られているから、自分の其処《そこ》に行ったのに誰も気の付く者は無い。自分の眼には先烟《まずけむり》の籠《こも》った、厭《いや》に蒸熱《むしあつ》い空気を透《とお》して、薄暗い古風な大洋燈《おおランプ》の下に、一場の凄《すさま》じい光景が幻影《まぼろし》の如《ごと》く映ったので、中央の柱の傍に座を占めている一人の中老漢《ちゅうおやじ》に、今しも三人の若者が眼を瞋《いか》らし、拳《こぶし》を固めて、勢猛《いきおいもう》に打って蒐《かか》ろうとしているのを、傍の老人が頻《しき》りにこれを遮《さえぎ》っているところであった。

この中老漢、身には殆《ほとん》ど断々《きれぎれ》になった白地の浴衣《ゆかた》を着、髪を蓬《おどろ》のように振乱し、恐しい毛髷《けずね》を頓着《とんちゃく》せずに露《あら》わしているが、これが則《すなわ》ち自分の始めて見た藤田重右衛門で、その眼を瞋《いか》らした赤い顔には、まことに凄じい罪悪と自暴自棄との影が宿って、その半生の悲惨なる歴史の跡が一々その陰険な皺《しわ》の中に織り込まれているように思われる。自分は平生《へいぜい》誰でも顔の中にその人の生涯《しょうがい》が顕《あらわ》れて見えると信じている一人で、悲惨な歴史の織り込まれた顔を見る程心を動かす事は無いのであるが、自分はこの重右衛門の顔ほど悲惨極まる顔を見た事は無いとすぐ思った。稍《やや》老いた顔の肉は太く落《いた》ちて、鋭い眼の光の中に無限の悲しい影を宿しながら、じっと今打ちに蒐《かか》ろうとした若者の顔を睨《にら》んだ形状《かたち》は、まるで餓《う》えた獣の人に飛蒐《とびかか》ろうと気構えているのと少しも変ったところは無い。

「酔客《よっぱらい》を相手にしたって仕方が無えだ！　廃《よ》さっせい、廃さっせい！」

と老人は若者を抑えた。

「撲《なぐ》るとは、面白《おもしれ》いだ、この藤田重右衛門を撲れるなら、撲ってみろ、奴等《うぬら》のような青二才とは」

と果して腕を捲《まく》って、体をくるりとその方へ回した。

「かまわんでおくと、好い気に為《な》るだア。此奴《こいつ》の為めに、村中大騒を遣って、夜も碌々《ろくろく》寝られねえに、酒を食《くら》わせて、勝手な事を言わせておくって言う法は無《ね》えだ。駐在所で意気地が無くって、どうする事も出来ねえけりゃ、村で成敗《せいばい》するより仕方が無えだ。爺《とッ》さん退《ど》かっせい、放さっせい」と二十一二の体の肥《ふと》った、血気の若者は、取られた袂《たもと》を振放って、いきなり、重右衛門の横面《よこつら》を烈しく撲った。

「此奴！」

と言って、重右衛門は立上ったが、そのままその若者に武者振り付いた。若者は何のと金剛力を出したが、さすがは若者の元気に忽地《たちまち》重右衛門は組伏せられ、火のごとき鉄拳《てつけん》は霰《あられ》とばかりその面上頭上に落下するのであった。

見兼ねて、老人が五六人寄って来て、とにかくこの組討は引分けられたが、重右衛門は鉄拳を食いし身の、いっかなこの仲裁を承知せず、よろよろと身体《からだ》をよろめかしながら、猶《なお》その相手に喰って蒐《かか》ろうとするので、相手の若者は一先《ひとまず》そのまま次の間へと追遣られた。

「おい、人を撲らせて、相手を引込ませるって言う法は何所《どこ》にあるだ。おい、こら、相手を出せ、出さねえだか」

と重右衛門は烈しく咆哮《ほうこう》した。

今出すから、まア一先坐んなさいと和《なだ》められて、とにかく再び席に就《つ》いたが、前の酒を一息に仰《あお》って、

「おい、出さねいだか」

と又叫んだ。

相手に為《す》るものが無いので、少時《しばし》頭を低《た》れて黙っていたが、ふと思出したように、

「おい出さんか。根本三之助！　三之助は居ないか」

と云って、更に又、

「酒だ！　酒だ！　酒を出せ」

と大声で怒鳴《どな》った。

云うがままに、酒が運んで来られたので、今撲ぐられた憤怒《いかり》は殆ど全く忘れたように、余念なく酒を湯呑茶碗《ゆのみぢゃわん》で仰《あお》り始めた。こうなって、構わずにおいては、始末にいけぬと誰も知っているので、世話役の一人が立上って、

「重右衛門！　もう沢山だから帰ろうではねえか、余り飲んでは体に毒だアで……」

とその傍に行った。

「体に毒だと……」首をぐたりとして、「体に毒だアでと、あんでも好いだ。帰るなら奴等《うぬら》帰れ。この藤田重右衛門は、これから、根本三之助と」

舌ももう廻らぬ様子。

「まア、話ア話で、後で沢山云うが好いだ。こんなに意気地なく酔っていながら、帰らねえとは、余り押が強過ぎるじゃねえだか」

と世話役は、そのまま両手を引張って、強いて《し》この酔漢を立上らせようとした。けれど大盤石《だいばんじやく》の如く腰を据えたまま、更に体を動かそうとも為《し》ないので、仕方がなく、傍の二三人に助勢させて、無理遣りにその席から引摺上《ひきずりあ》げた。

「何為《し》やがる」

と重右衛門は引摺られながら、後の男を蹴《け》ろうと為た。が、夥《おびただ》しく酔っているので、足の力に緊《しま》りが無く、却《かえ》って自分が膳《ぜん》や椀の上に地響して撞《どう》と倒れた。

「おい、確《しっか》りしろ」

と世話役は叫んで、倒れたまま愈《いよいよ》起きまじとする重右衛門を殆ど五人掛りにて辛くも抱上げ、猶ぐずぐずに理窟《りくつ》を云い懸くるにも頓着せずに、Xの字にその大広間をよろめきながら、遂《つい》に戸外《おもて》へと伴《つ》れ出した。

一室は俄《にわ》かに水を打ったように静かになった。今しもその一座の人の頭脳《あたま》には、云い合さねど、いずれも同じ念が往来しているので、あの重右衛門、あの乱暴な重右衛門さえ居なければ、村はとこしえに平和に、財産、家屋も安全であるのに、あの重右衛門が居るばかりで、この村始まって無いほどの今度の騒動《さわぎ》。

いっそ……

と誰も皆思ったと覚しく、一座の人々は皆意味有り気に眼を見合せた。

ああこの一瞬！

自分はこの沈黙の一座の中に明かに恐るべく忌《い》むべく悲しむべき一種の暗潮の極めて急速に走りつつあるのを感じたのである。

一座は再び眼を見合せた。

「それ！」

と大黒柱を後に坐っていた世話役の一人が、急に顎《あご》で命令したと思うと、大戸に近く座を占めた四五人の若者が、何事か非常なる事件でも起ったように、ばらばらと戸外《おもて》へ一散に飛び出した。

＊　＊　＊

二十分後の光景。

自分は殆《ほと》んど想像するに堪えぬのである。

諸君は御存じであろう。自分が始めてこの根本家を尋ねた時、妻君が頻《しき》りに、鋤《すき》、鍬《くわ》等を洗っていた田池《たねけ》――その周囲には河骨《こうほね》、撫子《なでしこ》などが美しくその婉《しお》らしい影を涵《ひた》していた纔《わず》か三尺四方に過ぎぬ田池の有った事を。然《しか》るにその田池の前には、今一群の人が黒く影をあつめていて、その傍には根本家と記した高張提燈《たかはりぢようちん》が、月が冴々《さえざえ》しく満面に照り渡っているにも拘《かか》わらず、極めて朧《おぼろ》げに立てられてあるが、自分はそれと聞いて、驚いて、その傍に駆付けて、その悲惨なる光景を見た時は、果してどんな感に撲《う》たれたであろうか。諸君、その三尺四方の溝《どぶ》のような田池の中には、先刻《さつき》大酔して人に扶《たす》けられて戸外へ出たかの藤田重右衛門が、殆ど池の広さ一杯に、髪を乱《み》だし、顔を打伏《うつぶ》して、まるで、犬でも死んだようになって溺《おぼ》れているではないか。

「一体どうしたんです」

自分は激して訊《たず》ねた。

「何アに、先生、えら酔殺《よっぱらっ》たもんだで、遂《つ》い、陥《はま》り込んだだア」

とその中の一人が答えた。

「何故《なぜ》揚げて遣《や》らなかった！」

と再び自分は問うた。

誰も答えるものが無い。

けれどこれは訊ねる必要があるか。と自分は直ぐ思ったので、そのまま押黙って、そっとその憐《あわ》れな死骸《しがい》に見入った。月は明らかにその田池を照して、溺れた人の髪の散乱せるあたりには、微《かす》かな漣《さざなみ》が、きらきらと美しくその光に燦《きら》めいている。一間と離れた後の草叢《くさむら》には、鈴虫やら、松虫やらが、この良夜に、言い知らず楽しげなる好音を奏《かな》でている。人の世にはこんな悲惨な事があるとは、夢にも知らぬらしい山の黒い影！

「ああ、これが、この重右衛門の最後か」

と再び思った自分の胸には、何故か形容せられぬ悲しい同情の涙が鎧《よろい》に立つ矢の蝟毛《いもう》の如く簇々《むらむら》と烈《はげ》しく強く集って来た。

で、自分は猶少時《なおしばし》その池の畔《ほとり》を去らなかった。

十一

「人間は完全に自然を発展すれば、必ずその最後は悲劇に終る。則《すなわ》ち自然その者は到底現世の義理人情に触着《しよくちやく》せずには終らぬ。さすれば自然その者は、遂にこの世に於《お》いて不自然と化したのか」

と自分は独語した。

「六千年来の歴史、習慣。これが第二の自然を作るに於て、非常に有力である。社会はこの歴史を有するが為《た》めに、時によく自然を屈服し、よく自然を潤色する。けれど自然は果して六千年の歴史の前に永久《とこしえ》に降伏し終るであろうか」

「或《あるい》は謂《い》うかも知れぬ。これ自然の屈伏にあらず、これ自然の改良であると。けれど人間は浅薄なる智と、薄弱なる意とを以《もっ》て、如何《いか》なるところにまで自然を改良し得たりとするか」

「神あり、理想あり、然《しか》れどもこれ皆自然より小なり。主義あり、空想あり、然れども皆自然より大ならず。何を以てかくいうと問う者には、自分は箇人《こじん》の先天的解剖をすすめようと思う」

少時《しばらく》考えて後、

「重右衛門の最期《さいご》もつまりはこれに帰するのではあるまいか。かれは自分の思うまま、自分の欲するまま、則ち性能の命令通りに一生を渡って来た。もしかれが、先天的に自我一方の性質を持って生れて来ず、又先天的にその不具の体格を持って生れて来なかったならば、それこそ好く長い間の人生の歴史と習慣とを守り得て、放《ほう》恣《し》なる自然の発展を人に示さなくっても済んだのであろうが、悲む可《べ》し、かれはこの世に生れながら、この世の歴史習慣と相《あい》容るる能《あた》わざる性格と体とを有《も》っていた」

「殊《こと》に、かれは自然の発展の最も多かるべき筈《はず》にして、しかも歴史習慣を太甚《はなはだ》しく重んずる山中の村——この故郷を離るる事が出来ぬ運命を有していた」

と思うと、自分が東京に居て、山中の村の平和を思い、山中の境の自然を慕ったその愚かさが分明《はっきり》自分の脳に顕《あら》われて来て、山は依然として太古、水は依然として不朽、それに対して、人間は僅《わず》か六千年の短き間にいかにその自然の面影《おもかげ》を失いつつあるかをつくづく嘆ぜずにはいられなかった。

「けれど……」

と少時《しばらく》して、

「けれど重右衛門に対する村人の最後の手段、これとて人間の所謂《いわゆる》不正、不徳、進んでは罪悪と称すべきものの中に加えられぬ心地するは、果して何故であろう。自然……これも村人の心底から露骨にあらわれた自然の発展だからではあるまいか」

この時ゆくりなく自分の眼前に、その沈黙した意味深い一座の光景が電光《いなずま》の如く顕《あらわ》れて消えた。続いて夜の光景、暁の光景、ことに、それと聞いて飛んで来た娘っ子の驚愕《おどろき》。

「爺様《とっさん》、さぞ無念だったべい。この仇《かたき》ア、己《おら》ア、きっと取って遣るだアから」

と怪しげなる声を放って、その死体に取附いて泣いた一場の悲劇！

その鋭い声が今も猶耳に聞える。

午後になって、漸《ようや》く長野から判事、検事、などが、警察官と一緒に遣って来て臨検したが、その溺死《できし》した田池《たねけ》がいかにも狭く小さいので、いかに酔ったからとて、こんな所で独《ひと》りで溺れるという訳は無い。これには何か原因があるであろうと、中々事情が難《むず》かしくなって、その時傍に居た二三人は、事に寄ると長野まで出なければならぬかも知れぬという有様。それにも拘《かかわ》らず溺死者の死体は外に怪しい箇処《ところ》も無いので、そのまま受取人として名告《なの》って出たかの娘っ子に下渡《さげわた》された。

半日水中に浸けてあったので、顔は水膨《みずぶく》れに気味悪くふくれ、眼は凄《すさま》じく一所を見つめ、鼻洟《はな》は半開《なかば》いた口に垂れ込み、だらりと大いなる睾丸《きんたま》をぶら下げたるその容体《ていたらく》、自分は思わず両手に顔を掩《おお》ったのであった。

「それにしても、娘《あま》っ子《こ》はあの死骸をどうしたであろう。村では、あの娘っ子の手にその死骸のある中は、寺には決して葬《ほうむ》らせぬと言っておったが……」

こう思って自分は戸外《おもて》を見た。昨夜の月に似もやらぬ、今日は朝より曇り勝にて、今降り出すか降り出すかと危《あや》んでいたが、見ると既に雨になって、打渡す深緑は悉《ことごと》く湿《うるお》い、灰色の雲は低く向いの山の半腹までかかって、夏の雨には似つかぬ、しょぼしょぼと烟《けぶ》るがごとき糠雨《ぬかあめ》の侘《わび》しさは譬《たと》えようが無い。

其処《そこ》へ根本が不意に入って来た。

検死事件で一寸《ちょつと》手離されず、彼方此方《あっちこっち》へと駈走《かけはし》っていたが、漸くどうにかなりそうになったので、一先《ひとまず》体を休めに帰って来たとの事であった。

「どうだね？」

と聞くと、

「何アに、そんなに心配した程の事は無《ね》えでごす。警官も奴の悪党の事は知っているだアで、内々は道理《もっとも》だと承知してるでごすが、其処は職掌で、そう手軽く済ませる訳にも行かぬとみえて、それであんな事を言ったんですァ」

「それで死骸はどうしたね」

「重右衛門のかね。あの娘《あま》っ子《こ》が引取って行ったけれど、村では誰も構い手が無し、遠い親類筋のものは少しはあるが、皆な村を憚《はばか》って、世話を為《し》ようと言うものが無えので、娘《あま》っ子《こ》非常に困っていたという事です……。けれど、今途中で聞くと、娘っ子奴、一人で、その死骸を背負《しょ》って、その小屋の裏山にのぼくって、小屋の根太《ねだ》やら、扉やらを打破《ぶちこわ》して、火葬にしてるという事だが……此処《ここ》から烟《けむ》位見えるかも知れねえ」

と言って向うを見渡した。

注意されて見ると、なるほど、三峯《みつみね》の下の小高い丘の深緑の上には、糠雨《ぬかあめ》のおぼつかなき髣髴《ほうふつ》の中に、一道の薄い烟が極《きわ》めて絶え絶えに靡《なび》いていて、それが東から吹く風に西へ西へと吹寄せられて、忽地《たちまち》雲に交って了《しま》う。

「あれが、そうです」

と平気で友は教えた。

それが村で持余された重右衛門の亡骸《なきがら》を焼く烟かと思うと、自分は無限の悲感に打れて、殆《ほと》ど涙も零《お》つるばかりに同情を濺《そそ》がずにはいられなかった。「死はいかなる敵をも和睦《わぼく》させると言うではないか。であるのに、死んだ後までも猶その死骸を葬るのを拒むとは、何たる情ない心であろう。そのあわれなる自然児をして、小屋の扉を破り、小屋の根太を壊して、その夫の死骸を焼く材料を作らせるとは、何たる悲しい何たる情ない事であろう」

自分の眼の前には、その獣の如き自然児が、涙を揮《ふる》って、その死骸を焼いている光景が分明《はっきり》見える。下には村、かれ等二人が敵として戦った村が横《よこたわ》っているが、かの娘は果してどんな感を抱いてこの村を見下しているであろうか。

「けれど重右衛門の身に取っては、寧《むし》ろこの少女《おとめ》の手――宇宙に唯《ただ》一人の同情者なるこの自然児の手に親しく火葬せらるるのがどんなに本意であるか知れぬ。否、これに増《まさ》る導師は恐らく求めても他に在《あ》るまい」

「村の人々、無情なる村の人々、死しても猶和睦する事を敢《あえ》てせぬ程の冷《ひや》やかなる村の人々の心！　この冷かなる心に向って、重右衛門の霊はどうして和睦せられよう。さればその永久《とこしえ》に和睦せられざる村人の寺に穏かに葬られて眠らんよりは、寧《むし》ろそのやさしき自然のままなる少女の手に――」

暗涙が胸も狭しと集って来た。

「自然児は到底この濁った世には容《い》られぬのである。生れながらにして自然の形を完全に備え、自然の心を完全に有せる者は禍《わざわい》なるかな、けれど、この自然児は人間界に生れて、果して何の音もなく、何の業《わざ》もなく、徒《いたず》らに敗績《はいせき》して死んで了うであろうか」

「否、否、否、――」

「敗績して死ぬ！　これは自然児の悲しい運命であるかも知れぬ。けれどこの敗績はあたかも武士の戦場に死するが如く、無限の生命を有してはおるまいか、無限の悲壮を顕《あら》わしてはおるまいか、この人生に無限の反省を請求してはおるまいか」

自分は深く思い入った。

少時《しばらく》してから、

「けれど、この自然児！　このあわれむべき自然児の一生も、大いなるものの眼から見れば、皆なその必要を以て生れ、皆なその職分を有して立ち、皆なその必要と職分との為めに尽しているのだ！　葬る人も無く、獣のように死んで了っても、それでも重右衛門の一生は徒爾《いたずら》ではない！」

と心に叫んだ。

何時《いつ》去ったか、傍には既に友は居らぬ。

戸外の雨はいよいよ侘《わび》しく、雲霧は愁《うれい》の影の如《ごと》くさびしくこの天地に充《み》ち渡った。丘の上の悲しい煙は、殆ど消ゆるかと思わるるばかりに微《かす》かに、微かに靡《なび》いているが、村ではこれに対して一人も同情する者が無いと思うと、自分は又簇々《むらむら》と涙を催した。

ああその雨中の煙！　自分はどうしてこの光景を忘るる事が出来よう。

十二

否――

諸君、自分はその夜更に驚くべく忘るべからざる光景に接したのである。自分は自然の力、自然の意のかほどまで強く凄《すさま》じいものであろうとは夢にも思い懸けなかった。その夜自分は早くから臥床《ふしど》に入ったが、放火の主犯者が死んで了ったという考えと、連夜眠らなかった疲労《つかれ》とは苦もなく自分を華胥《かしょ》*に誘って、自分は殆ど魂魄《たましい》を失うばかりに熟睡して了った。熟睡、熟睡、今少し自分が眼覚めずにおったなら自分は恐らく全く黒焼に成ったであろう。自分の眼覚めた時には、既に炎々たる火が全室に満ち渡って、黒煙が一寸先も見えぬ程に這《は》っていた。自分は驚いて、慌《あわ》て、寝衣《ねまき》のまま、前の雨戸を烈《はげ》しく蹴《け》ったが、幸《さいわい》にも閾《しきい》の溝《みぞ》が浅い田舎家《いなかや》の戸は忽《たちま》ち地外《ちはず》れて、自分は一簇《いちぞく》の黒煙と共に戸外《おもて》へと押し出された。

押出されて、更に驚いた。

夢では無いかと思った。

どうです、諸君。全村がまるで火!!! 鎮守の森の蔭《かげ》に一つ。すぐ前の低いところの一隅《かたすみ》に一つ。後に一つ。右に一つ。殆ど五六カ所から、凄《すさま》じい火の手が上って、それが灰色の雨雲に映って、寝惚《ねぼ》けた眼で見ると、天も地も悉《ことごと》く火に包まれて了ったように思われる。雨は歇《や》んだ代りに、風が少し出て、その黒烟《こくえん》とその火とが恐ろしい勢《いきおい》で、次第にその領分をひろめて行く。寺の鐘、半鐘、叫喚、大叫喚!!!

自分は後の低い山に登って、種々《いろいろ》なる思想に撲《うた》れながら一人その悲惨なる光景を眺《なが》めていた。

実際自分はさまざまの経験を為たけれど、この夜の光景ほど悲壮に、この夜の光景ほど荘厳《そうごん》に自分の心を動かしたことは一度も無かった。火の風に伴《つ》れて家から家に移って行く勢、人のそれを防ぎ難《か》ねて折々発する絶望の叫喚《さけび》、自分はあの刹那《せつな》こそ確かに自然の姿に接したと思った。

諸君！　これでこの話は終結《おわり》である。けれど猶《なお》一言、諸君に聞いて貰《もら》わなければならぬ事がある。それは、その翌日、殆ど全村を焼き尽したその灰燼《かいじん》の中に半焼《なかば》けた少女《おとめ》の死屍《しし》を発見した事で、少女は顔を手に当てたまま打伏《うつぶし》に為って焼け死んでいた。かれは人に捕えられて、憎悪《ぞうお》の余《あまり》、その火の中に投ぜられたのであろうか、それとも又、独《ひと》り微笑《ほほえ》んで身をその中に投じたのであろうか。それは恐らく誰も知るまい。

自分はその翌日万感を抱いてこの修羅《しゅら》の巷《ちまた》を去った。

それからもう七年になる。

その村の人々には自分は今も猶交際しているが、つい、この間もその村の冒険者の一人が脱走して自分の家を尋ねて来たから、あの後は村は平和かと聞くと、「いや、もうあんな事は有《あ》りはしねえだ。あんな事が度々《たびたび》有った日には、村は立って行かねえだ。御方便《ごほうべん》な事には、あれからはいつも豊年で、今でア、村ア、あの時分より富貴《かねもち》に為ったださ」と言った。そして重右衛門とその少女との墓が今は寺に建てられて、村の者がおりおり香花《こうげ》を手向《たむ》けるという事を自分に話した。

諸君、自然は竟《つい》に自然に帰った！

（明治三十五年五月）

注解

ページ

八　＊切支丹坂　徳川初期の大目付、宗門改役《あらためやく》の井上政重《まさしげ》の江戸・小石川の坂に沿った下《しも》屋敷には、切支丹宗徒を収容する牢《ろう》が設けられていたので、世人は、その屋敷を「切支丹屋敷」と呼び、またその坂を「切支丹坂」と呼んだ。現在の東京・文京区小石川四丁目近くの坂。

＊三十六にもなって……　この作品は、一時代前の浪漫的な心情を持つ「青年」のかわりに、自然主義文学の特色ともいえる、人生や生活に疲れた「中年」の男が主人公となっている。

一〇　＊地理書の編輯　花袋に即していえば、明治最大の出版社博文館に関係し、『大日本地誌』をはじめ多くの地理書を編集、みずからも、すぐれた紀行文を多く書いた。

＊女学生は勢力になって　明治三十年代のなかばともなると、女子大学や女学校がつぎつぎと創設され、女学生は、その時代を象徴するひとつの風俗でもあった。

一一　＊「寂しき人々」　ドイツの劇作家ハウプトマンの代表的な自然主義劇。一八九一年の作。妻や世から理解されず孤独な研究生活をしているヨハンネス・フォケラートのもとに、ロシア生れの女子学生アンナ・マールが訪れてきてその家に同居し、恋愛的様相が芽生《めば》えるが、兄妹の接吻《せっぷん》をしたまま別れ、自殺するという話。

一二 *「ファースト」ロシアの小説家ツルゲーネフの手紙体の短編小説。理性と情熱の葛藤《かっとう》に悩む女主人公ヴェーラの心理を描いたもの。

一四 *神戸の女学院 現在の西宮市岡田山にある神戸女学院大学の前身。明治八年、アメリカの宣教師タルカット女史によって神戸郊外に開かれたミッションスクール。関西では、早くから、自由で開明的な女子の学校として有名であった。

*備中 現在の岡山県の西部地方にあたる。

一五 *ハイカラ 元来は、high collar（たけの高いカラー）の意。転じて、いちはやく新しがって西洋ふうのまねを気どること、またその人をいうようになった。明治から大正にかけてとくによく使われたことば。

*紫インキ 当時、紫色のヴァイオレット（すみれ）というインキが流行していた。明《みょう》星派《じょうは》の影響か。

一七 *「魔風恋風」小杉天外が、尾崎紅葉のあとを受けて、明治三十六年二月から九月まで『読売新聞』に連載した小説。当時としては珍しい自転車に乗る女子学生荻原《おぎわら》初野が主人公。当時の風俗をみごとに写しとった作品として大いに評判となった。

一八 *海老茶袴 当時、女子学生は、海老茶色の袴をはいていた。それ故《ゆえ》、女子大生、女学生などの代名詞としてよく使われた。海老茶式部などともいった。

*風馬牛 たがいに無関係のこと。左伝《さでん》の「風馬牛モ不ニ相及バ一」より出たことば。

二〇　＊故郷を省した　帰省すること。少年時代、まず漢学、漢詩を大いに勉強した花袋の教養の一端が、文中に時々出てくる。

＊丸善　明治時代の知識人は、洋書中心の書籍、洋品店のこの「丸善」の窓口を通して、ヨーロッパの最新の思潮にふれた。

＊甲武の電車　当時飯田町から八王子まで通っていた私鉄の甲武鉄道。現在の中央線の前身にあたる。

二一　＊一閑張の机　紙を幾重にも張りかため、その上に漆を塗った机。帰化人の飛来《ひらい》一閑がはじめたといわれているもの。

＊高等師範　もと、中学、女学校の教師の資格が得られる専門学校で、ここでは官立の東京高等師範学校（現在の筑波大学の前身）をさす。

二三　＊マグダ　ドイツの作家ズーダーマンの戯曲『故郷』の女主人公。イプセンの『人形の家』のノラとともに、近代的自我にめざめた新しい女性として当時より広く喧伝《けんでん》されていた。のち、松井須磨子《すまこ》がマグダ役を演じ上演禁止のさわぎがあったりした。

＊エレネ　ツルゲーネフの小説『その前夜』の女主人公。因襲に抗してあくまでも自己の所信を貫こうとする積極的タイプの女性。

二八　＊Superfluous man　通常「余計者」と訳されている。ツルゲーネフの『ルージン』の主人公の態度よりきたもの。知性と教養は高いが、生活適応力を欠き、現体制のなかからはじき出されてしまうタイプの人。近代知識人の典型的人物。

二九　*君が門辺を……暁の　花袋は、その初期は、新体詩人として活躍した。その好みは、この詩にみられるように、感傷的気分の横溢《おういつ》した七五調の調子のものが中心であった。

三一　*言文一致　明治三十年代に入っても、候文《そうろうぶん》体ではなくて、言文一致の手紙を書くことは、まだまだ一般的ではなかった。

三二　*一伍一什　事の始めから終りまで何もかもすべて。「一部始終」と同じ。

三九　*士官学校　もとの陸軍士官学校の略称。ここで、軍人を職業とする将校が養成された。当時、市ヶ谷の高台にあった。

四〇　*人間ほど儚い情ないものはない　『方丈記』の無常観などを底辺とする考え。花袋文学には、時は過ぎゆく式の無常観が秘められている。

*華表　鳥居に同じ。

四一　*事実　空想、虚飾を排し、ひたすら事実を尊重する態度は、花袋のみならず、自然主義文学の一大特色である。

*ロハ台　ベンチのこと。只《ただ》という字をふたつに分けたもの。

四四　*旧弊　かたくなに昔のままの考えや風習を固執すること。明治維新以降は、この種の「旧弊」を「一洗」する風潮が強かった。

*角袖巡査　私服の警官や刑事。当時は、和服の角袖を着ていた。

四五　*鴨脚の大きい裁物板　裁物板の台の脚の末端が、安定性をますように、いちょうの葉のかたちに広がっているもの。

五一　＊女の移香が鼻を撲った　この作品の終末の部分の伏線とみられるところ。

五四　＊九月は十月に……　このあたりにも、花袋が、時の推移を風物によって感慨深く捕えようとしていることがわかる。

五五　＊「オン、ゼ、イブ」　“On the Eve”　ツルゲーネフの小説『その前夜』の英訳名。

　　　＊膳所　琵琶湖《びわこ》に沿った町。湖水の風光の美しい町として有名。現在、大津市の一部。

六七　＊「死よりも強し」　フランスの自然主義作家モーパッサンの代表作。一八八九年の作。年老いた画家の第二の恋を扱ったもの。

七四　＊上武の境　上州（群馬県）と武蔵《むさし》（埼玉県、東京都）の境。

八五　＊日曜学校　キリスト教の教会では、日曜毎《ごと》に子供を集め宗教教育を行なったので、このような呼称が生じた。

一〇二　＊容斎　菊池容斎（一七八八―一八七八）。歴史画を得意とした幕末、明治初期の画家。

　　　＊山陽　頼《らい》山陽（一七八〇―一八三二）。江戸後期の史家、漢学者。その代表的著書の『日本外史』は、維新の志士をはじめ、多くの人々の愛読書となった。書家としても有名。

　　　＊竹田　田能村《たのむら》竹田（一七七七―一八三五）。文人画、花鳥山水画を得意とした江戸末期の画家。詩文もよくし、山陽とも交わりがあった。

　　　＊海屋　貫名《ぬきな》海屋（一七七八―一八六三）。幕末三筆の一人として著名な書家。

　　　＊茶山　菅《かん》茶山（一七四八―一八二七）。中国地方の福山藩侯に仕え、儒者として著名。

一〇五　*二百三高地巻　日露戦争の末期頃より流行した婦人の洋髪の一種。前髪を「二百三高地」（乃木《のぎ》将軍が攻略した旅順《りよじゆん》の激戦地）のように高くしたもの。

一〇六　*肩摩轂撃　人がいっぱいで混雑するさまをいう。

一〇七　*「プニンとバブリン」　ツルゲーネフの短編小説。農奴解放直前の地点における農夫プニンとバブリンが主人公の作品。

一一〇　*蒲団　日常に使用するまことに平凡なものを、あえて題名にするところにも、当時の自然主義文学のありようがうかがえる。

一一二　*ルウジン　ツルゲーネフが一八五六年に書いた長編小説『ルージン』の主人公。「余計者」の典型的人物として知られている。

*バザロフ　ツルゲーネフが一八六二年に発表した長編小説『父と子』の若い主人公。このバザロフに、作者は、ニヒリストの名を与えている。「余計者」の後身とみられる急進的インテリゲンチアの原型。

*猟夫手記　普通は、『猟人日記』の名で訳されている。一八五二年に発表したツルゲーネフの代表作。わが国では、この中の『あいびき』と『めぐりあい』が二葉亭四迷によって訳されている。

一一三　*遊学　いわゆる青雲の志を立てて上京し勉学すること。明治時代は、この「遊学」ということから、人生のドラマがはじまる場合が多かった。

*小倉　小倉織の略。九州・小倉地方より産出。木綿糸をあわせて織ったもので、袴《はかま》など

にする。質朴なもので、学生たちが多く使用した。

一一五　*ナショナルの読本　「ナショナル・リーダー」と呼ばれたもので、明治時代、英語を学ぶにはほとんどこの教科書を用いた。原版は、アメリカのバーンス社版のもの。

*文章軌範　宋《そう》の謝枋得《しゃぼうとく》が編んだ七巻本。官吏登用試験に応ずるもののために軌範とすべき漢・晋《しん》・唐《とう》・宋時代の文を集めたもの。わが国でも、第二次大戦前までは、漢文学習の過程のなかでよく利用されたもの。

*韓退之　韓愈《かんゆ》（七六八―八二四）。唐代屈指の文章家。唐宋八大家の一人。

一一九　*白文　返り点や送り仮名をつけないで、漢字のみ並んでいる漢文。

*八家文　唐宋八大家（唐の韓愈・柳宗元《りゅうそうげん》、宋の欧陽修《おうようしゅう》・王安石《おうあんせき》・曽鞏《そうきょう》・蘇洵《そじゅん》・蘇軾《そしょく》・蘇《そ》轍《てつ》の八人）の文章を集めて編集した書物。『文章軌範』とともに、漢文学習の過程でよく使用された。

*七絶　七言絶句（七言四句から成る漢詩）の略。

一二四　*分限　分限者。富裕な身分の人。

一二九　*丸持大尽　「丸持」は「金持」。「大尽」も「富豪」の意。

一三二　*激湍沫を吹いて……　この前後の文章なども、花袋が少年時代から身につけた漢文の力が下地になっているところである。

一三九　*河骨　沼や池などの浅いところに自生しているひつじぐさ科の多年生草本。夏の頃、水面にのびた茎の上に黄色の花をひとつ咲かせる。

一四二　＊文晁　画を得意とした江戸末期の画家谷文晁（一七六三―一八四〇）。

一五一　＊長恨歌　唐の詩人白楽天《はくらくてん》作の有名な叙事詩。七言、百二十句より成る。楊貴妃《ようきひ》に対する玄宗《げんそう》皇帝のつきせぬ恨みを歌ったもの。

一五二　＊忍び　ここでは、忍びまわり。ひそかに巡回して見まわる人をいう。

一六二　＊先天的性質か、それとも又境遇から……　この作品は、遺伝、環境をことのほか重視するゾライズムの影響を受けたものとみられている。

一七一　＊悒々として　不快なさま。

一七七　＊狂瀾を既に倒るるに飜し　荒れ狂う波を押し返す、悪い形勢を再びもとに回復すること。出典は韓愈『進学解』で、よく用いられる漢文的表現の一種。「狂瀾を既倒《きとう》に廻《めぐ》らす」ともいう。

一七九　＊妓夫　遊女屋の客引男。牛太郎《ぎゅうたろう》ともいう。

一八三　＊塙検校　塙保己一《ほきいち》（一七四六―一八二一）。七歳で失明したが、十五のとき、江戸に出て、雨森検校の門に入り、のち、賀茂真淵《かものまぶち》などに学び、国学者として大成し、『群書類従』を編集、のち、総検校となった。

二〇七　＊華胥　昼寝のこと。中国の古代の天子黄帝が、午睡の際、理想郷である「華胥氏の国」に遊んだ、という故事よりきたもの。

紅野敏郎

解説

福田恆存

田山花袋はわが国の自然主義文学運動の主唱者であり、推進者であり、その代表的人物でした。そして、かれが明治四十年に発表した『蒲団』はこの運動の最初の烽火《ほうか》として、ただに自然主義文学を勝利に導く素因になったばかりでなく、日本における近代文学の方向を決定したものといえましょう。その前年に書かれた藤村の『破戒』とともに、『蒲団』は、そのころようやく衰退の路《みち》をたどっていた硯友社《けんゆうしゃ》一派の洋装せる戯作《げさく》文学に最後のとどめを打ったのであります。現代の読者の眼にはこの平凡稚拙な小説も、当時としては真率な告白と大胆な描写とのために、文壇も世間も大いに驚いたのであり、それまで十年間不遇の地位にあった作者もこれにより一躍して文壇の寵児《ちょうじ》となったのであります。この自然主義文学の代表者である花袋も、最初は硯友社の総帥《そうすい》尾崎紅葉《こうよう》の門をたたかねばならなかった。それは明治二十四年、花袋二十一歳のときです。その後、かれは紅葉にも硯友社文学にも不満をいだきながらも、それと即《つ》かず離れずの態度で十年間を過していたのです。

おもうに『蒲団』の新奇さにもかかわらず、花袋そのひとは、ほとんど独創性も才能もないひとだったのでしょう。かれは文学の新機運を待望しながら、当時の作家、あるいは作家志望者のだれよりも、多くの外国文学を漁《あさ》っておりましたが、二葉亭《ふたばてい》がツルゲーネフから、独歩《どっぽ》がイギリス浪漫派から影響を受けたという意味では、花袋は自分の読破した外国文学と本質的なめぐりあいというものを経験しなかったひとです。なぜなら、かれの内部には、なにかを選びとらずにいられないほどの切実な問題意識が欠けていたからです。『蒲団』や『重右衛門の最後』を読んでもわかるでしょうが、花袋にとっては、ツルゲーネフもズーダーマンもイプセンもモーパッサンも、みんなおなじことだった。いや、英語のリーダーに出てくる仙女物語にまでおなじような関心を示しているのです。それは好奇心であり、ものめずらしさであります、もちろん、かれの好奇心には頽廃《たいはい》のかげなどぜんぜんない。あくまで健康で新鮮なものでありますす。それは明治の青年のもっていたういういしさといえましょう。われわれはそれを軽蔑《けいべつ》してはならない。いかに感傷的であっても、それを尊重しなければなりません。が、こと文学となると、たんなるういういしさというようなものではどうにもならぬものがあるのです。田山花袋の文学の良さも、つまらなさも、すべてそこにかかっております。

花袋が外国の作家に寄せた関心とはなんであるか。かれが英語のリーダーにまで示した好奇心とはなにか。いうまでもなく、それは文学的、芸術的な問題ではありません。ツルゲーネフとイプセンとの対人生態度の差など、花袋の問題とするところではなかった。かれがかれらのうちにひとしく見いだしたものは、そういう作家の主体ではなく、作品のなかに書かれてある客体としての素材にほかならない。かれは作品のなかにただ人生発見のよろこびを感じていただけなのです。が、花袋は主体的な問題意識の欠如のため、自己の周囲に見いだされる人生への直接的な関心が、それらの外国小説のなかで再発見できたことをよろこぶよりは、むしろ外国小説によって見ることのできた人生が、おなじように日本の現実のうちにも見いだされはしないかという好奇心しかもたなかったのであります。

『重右衛門の最後』の冒頭におけるつぎのことばがそれを証明します――「よく観察すれば、日本にも随分アントニイ・コルソフや、ニチルトッフ・ハーノブのような人間はあるのだ」『蒲団』の終りのほうにも「運命、人生――曾《かつ》て芳子に教えたツルゲネーフの『プニンとバブリン』が時雄の胸に上《のぼ》った。露西亜《ロシア》の卓《すぐ》れた作家の描いた人生の意味が今更のように胸を撲《う》った」と書かれておりますが、われわれはそこに感傷のうそを読みとるだけです。そこになんらかの真実味があるとすれば、作者がツルゲーネフの登場人物になりたがっているという念願そのものの切実さにあるといえましょう。

日本の自然主義文学が私小説に転じていったことは、すでに周知のことであります。そして、その緒を開いたのが『蒲団』であるということに、多くの文学史家の意見が一致しております。『蒲団』はまえに述べましたように、前年の『破戒』とともに自然主義文学の礎石となった作品でありますが、『破戒』においてなお残されていた自我の社会化という方向が、『蒲団』によってとざされ、自己閉鎖の私小説を生むにいたったというわけです。が、私はこの考えかたを全面的に支持することができない。すでに申しましたように花袋は硯友社に反撥《はんぱつ》しながら、その経歴において、またある程度まで性格的に、硯友社文学に近いものをもっています。のみならず、かれの主張した平面描写論というのは、よきにつけあしきにつけ、元来私小説とは反対のものであります。藤村には私小説にふさわしい一種のあくの強さがありましたし、また花袋のあとに後期自然主義の中心人物となり、その一元描写論によって花袋と対立した岩野泡鳴《ほうめい》のほうが、私小説作家として、より徹底しておりました。泡鳴にくらべて花袋は、小説の登場人物的生涯《しょうがい》を送るだけのロマンチックな情熱はなかった。また藤村にくらべて、隠すべき、あるいは隠したものを告白すべき自我の秘密をもっていなかった。

『蒲団』のなかで花袋はこう書いている――「渠《かれ》は性として惑溺《わくでき》することが出来ぬ或る一種の力を有《も》っている。（中略）世間からは正しい人、信頼するに足る人と信じられている」『蒲団』の主人公時雄にたいするこの評言は、おそらくそのまま花袋にもあてはまることばでありましょう。感傷的なうその多い『蒲団』のなかで、この一節だけは正確に作者が自己を客観視している箇所だといってさしつかえない。そういうかれが『蒲団』のような作品を書きえたのは、まったく『破戒』の出現によるものだったのです。弱気で善良な花袋は、自分の身近にいる藤村という我執の強い人物にたいして、敬意と反撥とをないまぜにした劣等感をたえず懐《いだ》きつづけていたにそういない。『蒲団』は『破戒』にたいする、こうした競争意識から生れたのです。『破戒』の社会性ということについては、私は疑問をもっておりますが、まあここではそれを認めておくにせよ、花袋をして『蒲団』を書かしめた動機は、自分にだって『破戒』は書ける、『破戒』以上に徹底した告白をやってのけられる、という気負いたった気もちだったにちがいありません。

「世間からは正しい人、信頼するに足る人と信じられている」自分が、じつはこういう不埒《ふらち》な男だと、花袋は書いてみたかったのでしょう。「惑溺することが出来ぬ」人間が、小説を書くために、善良な自己に鞭《むち》うって惑溺してみようとおもったのです。

ふと露西亜の賤民《せんみん》の酒に酔って路傍に倒れて寝ているのを思い出した。そしてある友人と露西亜の人間はこれだから豪《えら》い、惑溺するなら飽まで惑溺せんければ駄目だと言ったことを思いだした。馬鹿な！　恋に師弟の別があって堪るものかと口へ出して言った。

『蒲団』の主人公はこうして、ある神社の境内の珊瑚樹《さんごじゅ》の根元に倒れて悶《もだ》え苦しむのですが、ここのところは懊悩《おうのう》のあまり酔って甘い新体詩を口ずさみ、ついに便所のなかに寝ころんでしまう箇所、および最後に女の残していった夜具に顔を埋めて泣くところとならんで、おそらく今日の読者の笑いを誘うところでありましょう。善良な花袋は外国文学の作中人物になりたがったと同様、『破戒』の主人公の所作を身につけたがったのであります。自己のうちに強烈な問題意識の追求を欠いている人間が、外部の強烈な自我の渦巻にまきこまれてしまうのは、けだし当然といえましょう。

花袋は自己のささやかな、そして偶然の経験的事実を、ひとつひとつ外国文学の登場人物のそれと照合し、なんとかしてそこに必然を見いだそうとしたのであります。『蒲団』では『寂しき人々』の主人公を演じたというわけです。が、そういう悲劇の主人公を演じた涙のあとに残るのは、妙に白けた空虚な気もちだけです。花袋はその空洞を埋めるために、なんとかしてリアリティーを手に入れたいとおもった。その気もちが『田舎《いなか》教師』『生』へと発展していったのでしょうが、それについてはべつの機会に述べます。

ただ私が読者の注意を促しておきたいのは、『蒲団』の数年まえ明治三十五年に書かれた『重右衛門の最後』についてであります。ここでは、おそらく他人から聞いたらしい実話、あるいは実話に近い話が、作者の心の空洞を埋めて、相当の成功を示しております。花袋における心の空洞とは、小説的に人生を見ようとする、一種の対人生の形式でありますが、そういう形式というものは、現実に即して生れたものでない以上、すなわち外部から与えられたものである以上、現実がこれを埋めようとするばあいに、かならず空白の余地を残すものです。それが『重右衛門の最後』では、かなりな程度まで過不足なく一致を見たのであります。いうまでもないことですが、題材が異常事だからでありました。つまり、花袋は自己の形式に適合した内容を得ることによって、はじめて自己の心の空洞を満たしえたのです。その程度のリアリティーが、日本の現実のなかにおいて、どれだけの重量をもちうるかとなると、問題はおのずからべつになります。

すくなくとも花袋は、自分の選んだ素材にじゅうぶん安心しきってはいません。それが日本の現実を背景に確乎《かっこ》たる位置を占めるという自信はなかったようです。かれは作者としての証拠に、主人公の生涯と経験とを真正面から直接に描ききれなかった。かれは作者として傍観者として、作中に登場し、外国文学的観点から事実を解釈し、最後に生硬な人生論的感慨を附加せずにはいられなかったのです。のみならず、作中、すぐれた描写のところは紀行文家田山花袋の筆になったものであります。

『重右衛門の最後』における傍観者たる作者が、『蒲団』において、主人公を演じてみようという気になったわけですが、花袋が平面描写論に徹して、前者の傾向をのばしていったなら、あるいは近代日本文学に社会性を与えることができ、また正統的な短編小説の伝統を築きえたかもしれません。が、私は『重右衛門の最後』を『蒲団』より高く評価するものの、たとえ仮定にもせよ、そういう可能性を花袋に期待することはできない。独歩の短編小説にはそれがあったとおもいます。が、花袋はあくまで芸術作品を創造するひとであるよりは、芸術家の生活を演じたがったひとであります。『蒲団』が藤村の『破戒』の影響下になったとすれば、『重右衛門の最後』は独歩をまねしようとしたものだといっていえないことはありません。

芸術作品を生むものを、われわれは芸術家と呼ぶのであって、芸術家というものがはじめから存在していて、かれが生んだものを芸術作品と呼ぶのではない。文学青年はそれを混同します。中村光夫は花袋を評して「文学青年の先駆者」といっておりますが、たしかに花袋はわが国における文学青年のもっとも純粋で典型的な代表者だったといってよい。文学青年と作家志望者とは同一のものではありません。現代の流行作家のうちにも文学青年はいます。文学青年とは一口にいえば、芸術家の才能なくして、芸術家に憧《あこが》れるものです。かれらは芸術作品を創造することよりは、芸術家らしき生活を身につけることに喜びを感じるひとです。人生にたいして自分のおこなう観察のしかたや行動のしかたが、いかにも芸術家のそれであるという自覚ほど、かれらの若い虚栄心をくすぐるものはない。が、かかる虚栄心は、真の芸術家の情念であるよりは、むしろ善良なる市民のものであります。花袋の文学には、文学という毒気の強い渦のなかに巻きこまれた善良な一市井人《しせいじん》のたあいなさのようなものがある。かれはそういう意味において、文学青年の典型でありました。

それなら、かれの文学が今日われわれになにを教えうるか。花袋の存在は抹殺《まっさつ》されてしかるべきものか。私はそうはおもいません。なぜなら、かれのうちの文学青年らしいナイーヴな感受性は、そのままうら若い明治日本の特徴であったからです。自己のうちになんらの強烈な問題意識がなかったということも、逆に考えれば、それほどに——痴呆といってもいいほどに——明治人の精神が外に向って開かれていたということであります。現代の作家に文学青年がいるということは困ったことですが、五十年まえのわれわれの先達《せんだつ》がそのように真率であったということは、今日から見ても感謝していいことです、花袋のようなひとがいなければ——というのは、花袋のような善良な市民を犠牲に供するということがなかったならば——やはり西洋の近代文学は、まがりなりにもわれわれのものにはならなかったでしょう。

（昭和二十七年三月、評論家）

表記について

新潮文庫の文字表記については、原文を尊重するという見地に立ち、次のように方針を定めました。

一、旧仮名づかいで書かれた口語文の作品は、新仮名づかいに改める。
二、文語文の作品は旧仮名づかいのままとする。
三、旧字体で書かれているものは、原則として新字体に改める。
四、難読と思われる語には振仮名をつける。
五、漢字表記の代名詞・副詞・接続詞等のうち、特定の語については仮名に改める。

本書で仮名に改めた語は次のようなものです。

恰も→あたかも　彼様→あんな　…居る→…いる・…おる
屹度→きっと　…切り→…きり　流石→さすが
夫→それ　…度い→…たい　何う→どう
兎に角→とにかく　成程→なるほど　許り→ばかり
亦→また　…迄→…まで　…儘→…まま

田山花袋著
田舎教師
文学への野心に燃えながらも、田舎の教師のままで短い生涯を終えた青年の出世主義とその挫折を描いた、自然主義文学の代表的作品。

国木田独歩著
武蔵野
詩情に満ちた自然観察で、武蔵野の林間の美をあまねく知らしめた不朽の名作「武蔵野」など、抒情あふれる初期の名作17編を収録。

国木田独歩著
牛肉と馬鈴薯・酒中日記
理想と現実との相剋を越えようとした独歩が人生観を披瀝する「牛肉と馬鈴薯」、人間の孤独を究明した「酒中日記」など16短編を収録。

伊藤左千夫著
野菊の墓
江戸川の矢切の渡し付近の静かな田園を舞台に、世間体を気にするおとなに引きさかれた政夫と二つ年上の従姉民子の幼い純愛物語。

長塚節著
土
鬼怒川のほとりの農村を舞台に、貧しい農民たちの暮し、四季の自然、村の風俗行事などを驚くべき綿密さで描写した農民文学の傑作。

上田和夫訳
小泉八雲集
明治の日本に失われつつある古く美しく霊的なものを求めつづけた小泉八雲（ラフカディオ・ハーン）の鋭い洞察と情緒に満ちた一巻。

島崎藤村著
春

明治という新時代によって解放された若い魂が、様々な問題に直面しながら、新たな生き方を希求する姿を浮彫りにする最初の自伝小説。

島崎藤村著
桜の実の熟する時

甘ずっぱい桜の実に懐しい少年時代の幸福を象徴させて、明治の東京に学ぶ岸本捨吉を捉える青春の憂鬱を描き『春』の序曲をなす長編。

島崎藤村著
藤村詩集

「千曲川旅情の歌」「椰子の実」など、日本近代詩の礎を築いた藤村が、青春の抒情と詠嘆を清新で香り高い調べにのせて謳った名作集。

島崎藤村著
破戒

明治時代、被差別部落出身という出生を明かした教師瀬川丑松を主人公に、周囲の理由なき偏見と人間の内面の闘いを描破する。

島崎藤村著
夜明け前
（第一部上・下、第二部上・下）

明治維新の理想に燃えた若き日から失意の中に狂死する晩年まで――著者の父をモデルに木曽・馬籠の本陣当主、青山半蔵の生涯を描く。

島崎藤村著
千曲川のスケッチ

詩から散文へ、自らの文学の対象を変えた藤村が、めぐる一年の歳月のうちに、千曲川流域の人びとと自然を描いた「写生文」の結晶。

森鷗外著　**雁（がん）**

望まれて高利貸しの妾になったおとなしい女お玉と大学生岡田のはかない出会いの中に、女の自我のめざめとその挫折を描き出す名作。

森鷗外著　**青年**

作家志望の小泉純一を主人公に、有名な作家、友人たち、美しい未亡人との交渉を通して、一人の青年の内面が成長していく過程を追う。

森鷗外著　**ヰタ・セクスアリス**

哲学者金井湛なる人物の性の歴史。六歳の時に見た絵草紙に始まり、悩み多き青年期を経ていく過程を冷静な科学者の目で淡々と記す。

森鷗外著　**阿部一族・舞姫**

許されぬ殉死に端を発する阿部一族の悲劇を通して、権威への反抗と自己救済をテーマとした歴史小説の傑作「阿部一族」など10編。

森鷗外著　**山《さん》椒《しょう》大《だ》夫《ゆう》・高瀬舟**

人買いによって引き離された母と姉弟の受難を描いて、犠牲の意味を問う「山椒大夫」、安楽死の問題を見つめた「高瀬舟」等全12編。

二葉亭四迷著　**浮雲**

秀才ではあるが世事にうとい青年官吏の苦悩を描写することによって、日本の知識階級の姿をはじめて捉えた近代小説の先駆的作品。

夏目漱石著

吾輩は猫である

明治の俗物紳士たちの語る珍談・奇譚、小事件の数かずを、迷いこんで飼われている猫の眼から風刺的に描いた漱石最初の長編小説。

夏目漱石著

倫敦塔《ロンドンとう》・幻影《まぼろし》の盾《たて》

謎に満ちた塔の歴史に取材し、妖しい幻想を繰りひろげる「倫敦塔」、英国留学中の紀行文「カーライル博物館」など、初期の7編を収録。

夏目漱石著

坊っちゃん

四国の中学に数学教師として赴任した直情径行の青年が巻きおこす珍騒動。ユーモアと人情の機微にあふれ、広範な愛読者をもつ傑作。

夏目漱石著

三四郎

熊本から東京の大学に入学した三四郎は、心を寄せる都会育ちの女性美禰子の態度に翻弄されてしまう。青春の不安や戸惑いを描く。

夏目漱石著

それから

定職も持たず思索の毎日を送る代助と友人の妻との不倫の愛。激変する運命の中で自己を凝視し、愛の真実を貫く知識人の苦悩を描く。

夏目漱石著

門

親友を裏切り、彼の妻であった御米と結ばれた宗助は、その罪意識に苦しみ宗教の門を叩くが……。「三四郎」「それから」に続く三部作。

芥川龍之介著

羅生門・鼻

王朝の説話物語にあらわれる人間の心理に、近代的解釈を試みることによって己れのテーマを生かそうとした〝王朝もの〟第一集。

芥川龍之介著

地獄変・偸盗《ちゅうとう》

地獄変の屏風を描くため一人娘を火にかけて芸術の犠牲にし、自らは縊死する異常な天才絵師の物語「地獄変」など〝王朝もの〟第二集。

芥川龍之介著

蜘蛛《くも》の糸・杜子春

地獄におちた男がやっとつかんだ一条の救いの糸をエゴイズムのために失ってしまう「蜘蛛の糸」、平凡な幸福を讃えた「杜子春」等10編。

芥川龍之介著

奉教人の死

殉教者の心情や、東西の異質な文化の接触と融和に関心を抱いた著者が、近代日本文学に新しい分野を開拓した〝切支丹もの〟の作品集。

芥川龍之介著

戯作三昧・一塊《いっかい》の土

江戸末期に、市井にあって芸術至上主義を貫いた滝沢馬琴に、自己の思想や問題を託した「戯作三昧」、他に「枯野抄」等全13編を収録。

芥川龍之介著

河童・或阿《あるあ》呆《ほう》の一生

珍妙な河童社会を通して自身の問題を切実にさらした「河童」、自らの芸術と生涯を凝縮した「或阿呆の一生」等、最晩年の傑作6編。

有島武郎著　小さき者へ・生れ出づる悩み

病死した最愛の妻が残した小さき子らに、歴史の未来をたくそうとする慈愛に満ちた「小さき者へ」に「生れ出づる悩み」を併録する。

有島武郎著　或る女

近代的自我の芽生えた明治時代に、封建的な社会に反逆し、自由奔放に生きようとして敗れる一人の女性を描くリアリズム文学の秀作。

尾崎紅葉著　金色夜叉

熱海の海岸で、許婚者の宮の心が金持ちの他の男に傾いたことを知った貫一は、絶望の余り金銭の鬼と化し高利貸しの手代となる……。

泉鏡花著　歌行燈・高野聖

淫心を抱いて近づく男を畜生に変えてしまう美女に出会った、高野の旅僧の幻想的な物語「高野聖」等、独特な旋律が奏でる鏡花の世界。

泉鏡花著　婦系図

『湯島の白梅』で有名なお蔦と早瀬主税の悲恋物語と、それに端を発する主税の復讐譚を軸に、細やかに描かれる女性たちの深き情け。

永井荷風著　濹東綺譚

小説の構想を練るため玉の井へ通う大江匡と、なじみの娼婦お雪。二人の交情と別離を描いて滅びゆく東京の風俗に愛着を寄せた名作。

志賀直哉著
和　解
長年の父子の相剋のあとに、主人公順吉がようやく父と和解するまでの複雑な感情の動きをたどり、人間にとっての愛を探る傑作中編。

志賀直哉著
清兵衛と瓢簞・網走まで
瓢簞が好きでたまらない少年と、それを苦々しく思う父との対立を描いた「清兵衛と瓢簞」など、作家としての自我確立時の珠玉短編集。

志賀直哉著
小僧の神様・城の崎にて
円熟期の作品から厳選された短編集。交通事故の予後療養に赴いた折の実際の出来事を清澄な目で凝視した「城の崎にて」等18編。

武者小路実篤著
友　情
あつい友情で結ばれていた脚本家野島と新進作家大宮は、同時に一人の女を愛してしまった――青春期の友情と恋愛の相剋を描く名作。

武者小路実篤著
愛と死
小説家村岡が洋行を終えて無事に帰国の途についたとき、許嫁夏子の急死の報が届いた。至純で崇高な愛の感情を謳う不朽の恋愛小説。

武者小路実篤著
真理先生
社会では成功しそうにもないが人生を肯定して無心に生きる、真理先生、馬鹿一、白雲、泰山などの自由精神に貫かれた生き方を描く。

新潮文庫の新刊

新潮文庫の新刊

ガルシア＝マルケス
鼓 直訳
族長の秋
何百年も国家に君臨し、誰も顔を見たことのない残虐な大統領が死んだ——。権力の実相をグロテスクに描き尽くした長編第二作。

葉真中顕著
渡辺淳一文学賞受賞
灼熱
「日本は戦争に勝った！」第二次大戦後、ブラジルの日本人たちの間で流血の抗争が起きた。分断と憎悪そして殺人、圧巻の群像劇。

長浦京著
プリンシパル
悪女か、獣物か——。敗戦直後の東京で、極道組織の組長代行となった一人娘が、策謀渦巻く闇に舞う。超弩級ピカレスク・ロマン。

O・ドーナト
鹿田昌美訳
母親になって後悔してる
子どもを愛している。けれど母ではない人生を願う。存在しないものとされてきた思いを丁寧に掬い、世界各国で大反響を呼んだ一冊。

東崎惟子著
美澄真白の正なる殺人
『竜殺しのブリュンヒルド』で「このラノ」総合2位の電撃文庫期待の若手が放つ、慟哭の学園百合×猟奇ホラーサスペンス！

R・リテル
北村太郎訳
アマチュア
テロリストに婚約者を殺されたCIAの暗号作成及び解読係のチャーリー・ヘラーは、復讐を心に誓いアマチュア暗殺者へと変貌する。

蒲団《ふとん》・重《じゅう》右衛《え》門《もん》の最後《さいご》

新潮文庫　た - 8 - 1

昭和二十七年三月十五日　発行
平成十五年八月二十五日　七十六刷改版
令和七年四月三十日　九十刷

著者　田《た》山《やま》花《か》袋《たい》

発行者　佐藤隆信

発行所　株式会社新潮社
郵便番号　一六二―八七一一
東京都新宿区矢来町七一
電話　編集部(〇三)三二六六―五四四〇
読者係(〇三)三二六六―五一一一
https://www.shinchosha.co.jp

価格はカバーに表示してあります。

乱丁・落丁本は、ご面倒ですが小社読者係宛ご送付ください。送料小社負担にてお取替えいたします。

印刷・錦明印刷株式会社　製本・株式会社大進堂
Printed in Japan

ISBN978-4-10-107901-1 C0193